당신과 나의 안전거리

박현주

CONTENTS

직접적 은유로서의 운전

초보 딱지를 떼며

프롤로그 。

승리의 나무와 해피 콤마

"당종려 나무의 영어 이름은 the fortune palm입니다." 한국어 웹 페이지에서 당종려를 검색했을 때 나오는 설명이다. 이 이름이 마음에 들었다. 내가 이곳까지 온들 재산도 행운도 얻을 수 없겠지만, 그저 운명이었던 것일 수도 있으니까.

2012년 1월, 제주에 온 지 일주일쯤 지나자 눈에 제일 먼저 익은 것은 집에서 빵집까지 걸어가는 길에 서 있던 특이한 형태의 가로수였다. 이 이국적인 열대 나무는 이곳이 내가 살던 도시와는 너무나 다른 곳임을 제일 먼저 알려주는 증거였다. 기후대는 단지 온도의 차이일 뿐이라고 생각하기 쉽지만, 삶의 미묘한 온도 차이는 겨울 평균기온 1도에 의해서 결정되는 게 아닐까? 그 온도가 눈에 보이는 풍경을 다르게 만든다. 임시로 구한 원룸 오피스텔로 돌아와서 내가 본 나무의 이름을 찾아보았다.

하지만 이 당종려 나무에 품었던 감상은 내가 제주도에 온 이유에 대한 사람들의 오해만큼이나 잘못된 것이었다. 이 식물의 학명은 Trachycarpus Fortunei. 영어로는 windmill palm, 또는 Chusan Palm이라고 한다. '풍차(windmill)'는 나무의 형태, '추산(Chusan)'은 원래 산지였던 중국의 저우산군도[舟山]를 가리키는 말이다. 그리고 the fortune palm의 'Fortune'은 이 나무를 영국의 큐 가든(Kew Horticultural Garden)으로 가져갔던 식물 밀수꾼의 이름(Robert Fortune)이었다.

나의 사라져버린 재산이여, 행운이여, 운명이여. 밀수꾼의 이름이 붙은 슬픈 나무여.

제주도에 한두 달간 가 있겠다고 했을 때 사람들이 보였던 첫 반응은 '부럽다'였다. 그들의 머릿속에 어떤 광경이 펼쳐지는지 나도 익히 상상할 수 있었다. 푸른 바다가 보이는 트인 창 옆, 나무 탁자 위에 노트북을 펴고 우아하게 원고를 쓰는 나. 가끔은 차를 마시며, 수평선 너머를 바라보며 상념에 빠지지만 다시 고상하게 문학의 세계로 돌아와 원고 쓰기.

참으로 슬픈 오해이다. 내가 묵었던 곳은 일조권도 보장되지 않을 정도로 옆 건물에 바짝 붙어 선 오피스텔, 열 평 남짓한 원룸이었다. 당시에 한둘 생겨나던 월세형 주거 건물들이 늘어선 동네를 걸어보면 이젠 오해의 아이콘이 되어버린 당종려 이외에는 서울 북부의 뉴타운과 별로 다를 것이 없었다. 대형 마트, 프랜차이즈 우동 전문점, 문 연 지 얼마 되지 않은 로스터리 카페, 건강식품 전문점. 바다는 2주일 기른 손톱의 끝만큼도 보이지 않았다. 보인다고 해도 회색의 겨울 바다는 바람 맞은 피부처럼 거칠었다. 바다에 대한 낭만적 환상과는 달리, 내가 여기 온 이유는 인간과의 기본적 상호작용을 제외하고 최소한의 사교 활동도 허락하지 않는 곳에서 일에만 집중해야 할 만큼 절박했기 때문이었다.

잠 한 번 마음 편하게 자지 못할 정도로 마감에 쫓기던 나날이었다. 내게 잠재력이 있다면 바닥이 보일 정도로 박박 긁어 써서 일정을 맞춰야만 했다. 일은 점점 버거워지고, 나이만 먹어버렸다. 시간은 가장 소중한 자산이었고, 타인에게 조금도 나누어줄 수 없을 만큼 나는 각박했다.

그리하여 자발적 위리안치(圍籬安置)의 삶이 시작되었다. 제주도에 유배된 추사 김정희에 비유하다니, 참으로 불경하지만, 나는 작은 방 안에 틀어박혀 계속 번역만 했다. 고3 때도 가져보지 못했던 몰입의 시간이었다. 간간이 친구들이 위문차 들렀지만, 대체로 혼자였다. 종일 아무와도 말하지 않는 날도 많았다.

그해 겨울은 제주에도 눈이 많이 왔다. 살아보지 않은 곳에 대한 예상들은 대체로 환상이거나 희망인 경우가 많다. 남쪽 나라 제주는 따뜻하겠지, 아니었다. 바람이 많이 분다, 이건 맞다. 마트에는 귤이 많았고, 귤과 책만 있다면 겨울을 견딜 수 있다.

설 즈음에는 전자책으로 사두었던 《깡패단의 방문》을 읽었다. 매 장이 섬세하고 가슴 아픈, 그러면서도 묘한 여운이 있는 엔딩으로 이어지는 단편 모음 같은 장편소설이다. 시간의 배열을 완전히 무시하는 이 소설은 70년대부터 근미래까지 일정한 관계망 안에 있는 여러 사람의 다양한 삶을 다루었고, 그렇기 때문에 시간에 관한 이야기이다. 레코드 음반 회사의 매니저인 베니 살라자르와 그의 비서인 사샤가 주요 인물인데, 각 챕터의 주인공들은 그들과 오랜, 혹은 스쳐가는 관계로 엮인 사람들이다.

《깡패단의 방문》에 나오는 인간들은 모두 어느 시점 중년의 문 앞에서 비슷한 생각을 한다. 나는 지금 여기서 무엇을 하는 거지? 나는 지금 어디로 가는 거지? 제주도에 은신한 나도 생각했다. 여기서 무엇을 하고 있나? 이제는 남은 시간이 얼마 없다는 초조함에 몰려 여기까지 와버린 걸까?

《깡패단의 방문》의 한 챕터, 〈A to B〉는 베니의 아내이자 홍보 전문가인 스테파니와 그의 오빠인 전과자 줄스가 펑크록 스타에서 만신창이 퇴물이 되어버린 보스코를 만나는 이야기이다. 보스코는 줄스에게 자신의 이야기를 기록하라고 제안하며 말한다.

> 이런 게 현실 아니겠어? 이십 년 지나면 반반했던 얼굴도 맛이 가. 뱃살의 반을 잘라낸 사람은 더하지. 시간은 깡패잖아? 그게 제대로 표현한 거 아냐?(194쪽)

소설의 원제인 The Visit of the Goon Squad, '깡패단의 방문'이 직접적으로 언급되는 부분이다. 여기서 말하는 'goon'은 우리말의 해결사나 정치 용역 깡패 같은 사람을 가리키는 용어인데, 요새는 일반적으로 깡패를 말할 때도 쓰인다. 그리고 책 내에서 반복되듯이, 이 '군(goon)', 깡패는 바로 시간을 의미한다. 시간은 우리를 마음대로 휘두르고 전락시킨다. 그들이 공격하면 피할 수가 없고 사정없이 린치를 당한다. 어쩌면 나는 시간에 벌써 녹다운되었는지도 몰랐다. 도저히 이길 길이 없다. 이렇게 발버둥을 쳐도 이제 젊음의 집중력과 열의는 돌아오지 않고, 한때 가졌던 애정조차 다 잊은 채 나는 비참히 쳇바퀴 같은 일상으로 돌아갈 것이다…….

이렇게 처음의 의욕이 좌절되어버릴 때쯤, K가 나를 방문했다. 그녀와 나는 한때 외국의 같은 동네에서 살았다. 제주도가 본가인 K는 설을 지내러 왔다가 혼자 있을 내가 염려되어 설음식을 들고 들러준 것이다. 우리는 약밥과 전을 나누어 먹으며 옛날이야기를 나누었다. 그때의 우리가 얼마나 버겁게 살면서도 희망이 있었는지, 우리가 믿었던 가치가 얼마나 쉽게 무너졌는지, 그렇지만 어떻게 여전히 생존하고 있는지. 나는 언젠가의 겨울, 힘든 시험을 준비하고 있던 내게 K가 밥을 해주었던 날을 기억했다. 그 얘기를 꺼내자 K는 기억하지 못하면서도 "지금도 이렇게 해줄 수 있으니 다행이다"라고 말했다.

K가 돌아간 후, 나는 《깡패단의 방문》을 마저 읽었다. 이 소설의 마지막 챕터 〈순수한 언어〉에서는 록 음악 산업에서 밀려났던 이들이 다시 뭉치는 콘서트가 벌어진다. 그러나 복귀는 쉽지 않고 두렵다. 무대 위에 올라가기를 두려워하는 기타리스트에게 베니는 말한다.

> "시간은 깡패야, 그렇잖아? 그 깡패가 널 해코지하는데 가만있을 거야?"
>
> 스코티는 고개를 저었다. "깡패가 이겼어."
>
> (…)
>
> "내가 그랬잖아. '이제 네가 스타가 될 차례야'. 그랬더니 네가 나한테 뭐라고 했지?" 베니는 스코티 쪽으로 몸을 기울이더니 생각보다 우아하게 생긴 손으로 스코티의 떨리는 양 손목을 붙잡고는 그의 얼굴을 뚫어져라 들여다보았다. "네가 그랬잖아. '어디 한번 해봐'라고."
>
> (451~452쪽)

\\\

시간은 우리를 해코지한다. 우리가 할 수 있는 건 '어디 한 번 해봐'밖에 없다. K가 돌아간 후, 나는 나를 황폐하게 만들었던 시간을 생각했다. 그러나 그 시간은 따뜻하기도 했으며, 흘렀기 때문에 용서하거나 잊을 수 있는 일도 있었다. 그런 순간들은 이 책에 나오는 쉼표와도 같은 것이리라. 사샤의 아들, 자폐증이 있는 링컨은 록 음악 속 쉼표에 강박적으로 집착한다. 아빠가 짜증스럽게 왜 이렇게 쉼표에 집착하느냐고 물었을 때 링컨은, 쉼표가 나오면 노래가 끝날 거라는 생각이 들지만 곧 다시 이어지는 걸 듣고 안심할 수 있어서라고 울면서 말한다.

무한한 줄 알았던 시간도 언젠가는 끝난다. 적어도 한 사람의 인생에서는 그렇다. 내가 경험할 수 있는 시간에는 끝이 있다. 그런 의미에서 해피 엔딩은 존재하지 않는 것인지 모르지만, '해피 콤마'는 분명 존재한다. 삶에 있는 행복한 쉼표들을 향해서 나아간다. 잠깐 멈췄다가도 이어가기 위해서.

그것이 바로 내가 제주에서, 당종려가 있는 거리에서 외롭게 깨달은 사실이다. 내가 여기서 무엇을 더 할 수 있을까 생각했을 때, 이제 속절없이 늙어가는 일만 남았다고 좌절했을 때, 시간이 깡패처럼 찾아와 나를 후려쳤을 때, 모든 것이 황폐히 무너져가고 있다고 생각했을 때, 그래도 나는 "어디 한번 해 봐"라고 말할 수 있다. 다 끝난 게 아니라, 지금은 쉼표이며 계속 이어져 나가리라고 두근대는 마음으로 귀를 기울일 수 있다.

이 사실을 아는가? The Fortune Palm Tree의 'fortune'이 운명도 행운도 재산도 아닐지라도, 당종려의 꽃말은 '승리'이고 '쟁취'이다. 신뢰도 높은 출처는 아니지만, 위키피디아에서 확인했다. 고대부터 승리자에게 바쳐온 종려나무 잎. 나는 나를 공격해오는 시간에 대항해서 이길 것이다. 언젠가 무너지더라도 지금은 얻어낼 것이다.

그리하여 나는 운전을 배우기로 결심했다.

* 제니퍼 이건, 《깡패단의 방문》, 최세희 옮김, 문학동네, 2012

1

때 이른 저녁 안개,
인생 점검의 순간에서

기동력

모두 비슷한 고민, 모두 다른 해결

설명과 변명은 그 행위 자체가 다르지는 않다. 둘 다 자신과 세계의 어떤 현상 뒤에 숨어 있는 논리와 이유를 자기 나름대로 제시하는 행동이다. 하지만 설명과 변명의 차이는 말하는 사람의 확신에 있다. 내 말이 합리적으로 이해되리라는 믿음 속에서 시작되면 설명, 내 말에 대한 의구심이 존재하리라는 불확실에서 시작하면 변명이다.

무엇보다, 변명은 설명이 쉽지 않은 순간에 온다.

제주에서 시간과 싸우겠다고 다짐한 이후에 왜 운전을 배워야겠다고 결심했는지 그 이유를 명확히 설명할 수는 없다. 앞으로의 이야기는 아마도 시간과 운전의 관계에 대한 설명, 혹은 변명이라고 할 수 있을 것이다.

오쿠다 히데오의 《걸》이 나의 변명이 될 수도 있겠다. 여기에 나오는 다섯 여자의 이야기에 일말의 공감을 느꼈던 사람이라면 무슨 말인지 이해할 수도 있으리라. 《걸》의 주인공들은 모두 30대 중반의 직장 여성이다. 〈띠동갑〉의 요코는 열두 살 어린 신입 사원 신타로에게 끌리고, 그를 둘러싼 여성 사원들의 쟁탈전에 적극적으로 참전하지 못하면서도 항상 신경이 곤두서 있다. 〈히로〉의 세이코는 30대 중반의 나이에 흔치 않은 여성 임원이 되지만, 나이 많은 남자 부하 다루기가 쉽지 않다. 청춘의 시장에서 경쟁할 수 없다는 위기감에 사로잡힌 〈걸〉의 유키코는 자신보다 나이가 많은 오미츠 선배가 여전히 애처럼 옷을 입고 행세하는 모습에 미묘한 반감을 느낀다. 〈아파트〉는 회사에서 자기 나름의 페이스대로 일해온 홍보부의 유카리가 주택을 사기로 마음먹으면서 안정에 집착하는 자신을 발견한다는 이야기이다. 〈워킹맘〉의 다카코는 혼자 아이를 키우면서도 특별 대우를 거부하고, 자신의 힘으로 회사 생활을 이어나가려 한다.

아무리 신체적 나이가 숫자적 나이에 비해 젊은 시대라고 해도 어느 시점이 되면 모두 자신의 인생을 점검한다. 일정 이상의 나이를 넘어선 사람들은 모두 각자의 고민이 있다. 그 고민의 성질은 비슷하기도 하다. 나이가 들수록 사회의 시선은 달라져 가고, 가만히 한자리에 머물면 퇴보가 되어버린다. 성과를 제출하지 않으면 직장에서 도태되고, 연애 시장에서는 은퇴가 코앞이다. 남자들도 고충이 있지만, 여성이 일과 사랑에서 어디까지 갈 수 있는지 내다보면, 그 길에는 때 이른 저녁 안개가 깔려 있다.

그 시점의 내가 느꼈던 감정도 비슷했다. 지금껏 무난하게 일해왔지만, 승진 없는 프리랜서의 루트, 내가 해온 일이 언제 어디서 멈춰 설지 알 수 없었다. 즐거웠지만, 다른 사람이 나를 즐거운 사람으로 봐주는 시절이 언제까지 지속될지 짐작할 수 없었다. 나도 모르게 타인과 자신의 궤도를 비교하며, 내가 큰 길에서 얼마나 벗어나 있는지, 제대로 걷는 게 맞는지 불안해하기도 했다. 이제 다시 돌아가 새로운 길을 걷기엔 너무 늦었음을 실감했다.

그리하여 내가 멈추지 않고 계속 가는 방식으로 선택한 것은 문자 그대로 직접적 은유로서의 운전이었다. 멀리 가려면 나의 두 발 외에도 다른 도움이 필요하구나. 그리고 남들과 함께 가지 않고 혼자 가려면 내게도 이동의 기술이 필요하구나. 나는 이제 속도가 느려졌다, 이러다 멈출지도 모르겠다고 생각하자 불안해졌고 나는 그 안에 갇혀버렸다. 지금의 삶을 유지하는 것만으로도 버겁기 때문에 새로운 일을 시도할 수도 없고, 해도 잘 안 될 것만 같았다. 스스로 내 발을 불안에 묶어놓았다는 것을 깨닫자, 어디론가 좀 더 자유롭게 가고 싶었다. 그게 단지 물리적인 이동일 뿐이라도 지금은 그것이 절실했다. 섬에 있다는 고립의 감각이 떠나는 기술의 필요를 새삼 자극한 면도 있었다.

한편으로는 운전이 무척 흔한 기술인 것도 동기가 되었다. 내게는 다른 사람에게는 있는 것처럼 보이는 안정이나 기본적인 생존 기술이 부족했다. 물론 이런 부러움이 일종의 성냥팔이 소녀의 환상이라는 것도 알았다. 추운 겨울 바깥에서 보면—실로 나는 추운 겨울에 홀로 서 있었다!—창문 너머의 가정은 따뜻하게 보이기 마련이다. 직장이 있든 없든, 가정이 있든 없든 어떤 사람도 완전히 안정적이지 않고, 고독에서 벗어나지 못하며, 생존은 늘 어렵다. 모두 각자의 고민이 있다. 나도 그 사실을 안다. 그러나 역설적으로 고독과 생존이 그만큼 공통의 문제인 만큼 내게도 많은 사람이 갖춘 기술이 하나는 필요했다. 누가 나를 데려다주지 않더라도 나 스스로 어느 곳, 가능한 먼 곳까지 갈 수 있는 기술.

누군가는 의심할지도 모르겠다. 운전을 배우려 했던 건, 이제는 옆자리에 앉아서 갈 수 있다는 전망이 약해졌기 때문이 아니냐고. 그런 생각이 전혀 없었다면 거짓말일 것이다. 굳이 애인이나 배우자가 아니더라도, 부모님이 운전하는 차에 언제까지나 함께 타거나 친구의 옆자리에 타고 떠날 수도 있다. 그런 삶도 나쁘지 않다고 생각한다. 다만, 내 운명은 그와는 다르게 흘러갔다.

당시의 나는 집에서 반(半)독립할 계획이었다. 부모님 댁 가까이에 혼자 일할 수 있는 집을 구했다. 특별히 외롭지는 않았다. 늘 지지해주는 부모님, 협조적인 형제자매, 나를 생각해주는 친구들이 있다. 그렇게 얼마간은 살 수도 있다. 하지만 나는 제주에서 이렇게 아무도 없이 혼자 살아야 할 시간이 언젠가는 올지도 모른다는 것을 실감한 것이다. '혼자의 삶'은 언젠가 온다. 우리의 삶에 궁극적으로 남은 길은 죽기 전까지 쭉 고독하든가, 고독하기 전에 죽든가 뿐이다. 결혼하든 않든, 아이가 있든 없든 언젠가 혼자가 된다. 그렇다면 혼자서 좀 더 잘살 수 있는 준비를 조금이라도 하는 편이 좋다. 《걸》의 유카리는 집을 사려고 할 때 삶을 직시하게 된다. 나도 삶을 더 낫게 만드는 무엇, 나의 것이라고 말할 수 있는 무언가를 더 많이 갖고 싶었다. 그중의 하나가 자동차였다.

인생에서 무슨 대단한 깨달음을 얻은 양, "혼자 살려면 운전을 배워야 한다"라고 말하고 싶지 않다. 혹은 "어른이 되려면 자기 힘만으로 가야 한다"라는 주장도 하지 않겠다. 나이가 들면 갖추어야 할 요건에 운전을 넣어야 할 필요도 없다. 애초에 나이가 든다고 어떤 사람이 되어야 한다는 말 자체에 흥미가 없다. 〈걸〉의 오미츠처럼 서른여덟 살이 되어도 20대에 좋아하던 옷을 계속 입고 여전히 '걸'이어도 괜찮다. 사회가 권고한 삶의 단계와는 상관없이 여전히 환한 원색이나 꽃무늬 옷을 입을 수 있고, 만화와 아이돌을 좋아할 수도 있다. 그럴 수 있다는 기분만으로도 충분히 좋다. 하지만 이와 동시에 달라지지 않는 나를 조금은 바꾸고 싶다. 성장이나 발달이 아니라도 변화는 충분히 의미가 있다. 무엇이 여전히 같은 채로 남아 있고 무엇이 달라지는가. 이 같음과 다름이 한 사람의 개성을 만든다.

지금까지 하지 않은 어떤 일, 어떤 사람에게는 뜨개질이 될 수도, 요리가 될 수도 있었다. 전기 배선이나 타일 깔기, 원예여도 괜찮다. 혹은 강아지 미용 같은 기술이어도 상관없다. 무언가를 만들어낼 필요도 없다. 정리와 버리기여도 되고 여행이어도 괜찮다. 남들 보기에는 비슷하게 묶이는 수많은 사람도 각자의 방식으로 살아나간다. 《걸》에 나오는 여자들처럼 우리는 비슷한 고민을 하지만 각기 다른 사람들이고, 삶의 변화에 대처하는 방법도 다르다. 나는 그 방법이 다만 운전일뿐이다.

* 오쿠다 히데오, 《걸》, 임희선 옮김, 북스토리, 2014

필기시험

신의 법과 인간의 법

운전을 하겠다고 결심하고도 실제 면허 시험을 치기까지는 두 달이나 걸렸다. 무엇을 하느라 늑장을 부렸는지는 기억나지 않는다. 게으름의 가장 나쁜 점은, 대체로 게을렀던 시간들은 기억의 저장고를 스치지도 않고 다 사라진다는 것이다. 하지만 필기시험을 보러 면허 시험장에 가던 그 날의 정조는 잊지 않았다. 날이 무척 맑은 4월 오후, 다림질을 열심히 해서 바삭거리는 하얀 면 원피스를 입고 버스를 타기 위해서 아파트 뒤의 산길을 성큼성큼 걸어가는데, 노란 개나리 덤불이 응원하는 꽃술처럼 흔들렸다. 누군가 사진으로 찍었다면 '(앞으로 무슨 일이 일어날지도 모르고 어리석은) 희망에 찬 인간' 이라는 캡션을 붙였으리라.

필기시험은 대체로 순조로웠다. 물론 나는 대비 없이 시험을 보러 가는 사람은 아니다. 언제나 결과가 좋다고 말할 수는 없지만, 필요한 만큼 준비한다. 필기시험에서도 기출문제를 풀었고, 모의시험도 쳐보았다. 운전면허 필기시험이란 일종의 사회적 상식을 묻는 시간이다. 서로의 안전을 위해서 협력한다는 원칙하에서 정해진 세부 규율을 따르면 되는 것이다. 안전거리를 유지하고, 과속하지 않고, 졸리면 쉬었다가 가고, 안개가 짙으면 안개등을 켜고.

하지만 법이란 대체로 임의적이기도 하다. 가령, 도로교통부에서 배부하는 대비 문제 중 가장 첫 번째 문제, "도로교통법상 초보 운전자라 함은 처음 운전면허를 받은 날부터 얼마가 경과되지 아니한 사람을 말하는가?"를 보자. 답은 2년이지만, 어째서? 왜 1년이 아닌가? 3년이면 안 될 이유는? 운전을 2년 정도 하면 어느 정도 익숙해진다는 경험적 발견에 따라 이렇게 정했겠지만, 어떤 사람은 1년 만에 15만 킬로미터를 달리기도 하고, 어떤 사람은 3년 반을 운전해도 8천 킬로미터 주행을 넘지 못하는 사람도 있다. (후에 밝혀지겠지만 후자에 해당하는 사람이 나이다.)

세상 모든 일의 기본을 설명하는 《개념어 해석》이라는 책이 있다. 37강에서 저자인 모티머 애들러는 도로교통법과 같은 실정법은 이성에 기초하기도 하지만 결국은 입법자의 의지와 결정이 개입된다고 한다. "실정법 가운데 많은 내용은 도덕적으로 중립적이다. 이 말은 실정법의 많은 규정들이 **교통법규**(강조는 내가)나 사업 허가제법이나 계약법이나 재산법의 많은 규정들처럼 좋지도 나쁘지도 않다는 것을 뜻한다."(443쪽)

\\\

운전면허 시험을 준비할 때 이 구절을 떠올리면 마음이 편해졌다. 내가 교통법규를 제대로 외우지 못한다고 해서, 어떤 규정을 합리적이라고 여기지 않는다고 해서 도덕적인 문제가 있는 것은 아니기 때문이다. 운전면허를 따지도 않은 주제에 어기겠다고 미리 작정했던 건 아니지만, 법규 자체에 가치가 없다고 하면 긴장하지 않아도 된다. 오히려 법규를 약속으로 받아들이게 된다.

다행히도 도로교통법은 철로 신호수의 딜레마 같은 철학적 문제는 묻지 않는다. “급한 환자 세 명을 싣고 달려가는데, 길 위에 한 사람이 누워 있다. 그 사람을 치고 지나가면 세 명을 구할 수 있지만, 돌아가면 환자의 목숨이 위험하다. 어떻게 할 것인가?”를 묻지는 않는다는 것. 언제나 편의적이지만 원칙은 있다. 노인과 어린이 같은 약자, 그 외 도로에 같이 서 있는 다른 차를 배려한다는 것. 실정법이 자연 도덕법과 합치되는 지점일 것이다. 그래서 암기 없이 맞힐 수 있는 문제이기도 했다.

내 인생에서 가장 법에 대해서 깊이 생각한 것은 운전면허 필기시험을 준비하던 이때였다. 대학 시절 법률 관련 과목을 듣고 형편없는 점수를 받은 이래로 법은 지키기만 하는 것이지 깊이 고찰할 대상이라고 생각하지는 못했다. 나는 아직도 그때 내가 낮은 점수를 받은 건 단순 암기력의 부족이 아니라, 한국 가족법에는 내가 도저히 납득할 수 없는 면이 있었기 때문이라며 자신을 합리화하고 있다. 아니, 법에는 평범한 시민은 납득할 수 없는 면이 있다. 법정 드라마 〈굿와이프〉를 무려 7년에 걸쳐 보았지만 법의 불가해성은 여전하다.

인간의 법과 자연의 법, 그 사이의 납득할 수 없는 부분. 이는 《안티고네》와 같이 예로부터 전해 내려오는 문학이 천착해 온 주제이다. 《칠드런 액트》에서 영국 가정 고등법원의 판사 피오나 메이는 신의 법과 인간 법을 중재하는 입장에 서게 된다. 여호와의증인 가정에서 자란 17세 소년 애덤은 급성백혈병으로 입원한 병원에서 수혈 치료를 제안받는다. 하지만 종교적인 이유로 소년의 부모는 치료를 허락하지 않고, 자기결정권이 가능한 18세를 몇 달 앞둔 애덤 본인도 거절한다. 종교적 신념을 지킬 권리와 생명 유지를 위한 치료를 권해야 하는 의무 사이의 갈등. 피오나는 어려운 결정을 앞두고 소년을 직접 만나보기로 한다.

이 소설에는 크게 세 가지 선택이 등장한다. 피오나가 애덤의 수혈 치료 거부를 두고 내려야 하는 법률적 판결. 어린 여자에게 성욕을 느끼고 열린 관계를 제안한 남편 잭과의 결혼 생활을 두고 해야 하는 선택. 그리고 애덤의 개인적 구원자가 되어버린 피오나가 그 관계에 대해서 내려야 하는 결정. 법의 안과 밖에서 인간이 직면해야 하는 의지의 선택들이다.

인간이 따르는 신의 법에 의해 자신의 의지로 죽음을 받아들인다면, 법은 이를 존중해야 하는가? 평생을 자기 능력에 대한 확신과 윤리에 대한 신념, 인간을 향한 배려, 예술을 향한 조용한 열정으로 살아온 피오나는 법적 이성에 기반해 결론을 내린다. 하지만 사람 사는 일에서는 법률이 말해주지 못하는 일들이 있다. 인간이 임의적으로 정한 법률이 자연 도덕률에 합치한다고 해도, 자연 도덕률조차 무엇이 더 옳은지 알지 못한다는 것이다. 피오나는 남편 잭을 용서할 것인가? 애덤에게는 무엇을 해줄 수 있는가? 예순이 될 때까지 판사로 살아온 피오나에게도 정답은 명확하지 않다.

운전면허 시험에는 다행히도 이런 도덕적 딜레마가 등장하지 않는다. 도로에게는 다행인지 모르겠다. 우리의 딜레마는 길 위에서 일어나지, 시험지 위에서 일어나는 게 아니므로. 하지만 이 모든 고민은 실전에 접어들 때까지 미뤄두면 된다. 나는 시민으로서 '안전거리, 서행, 일시 정지'라는 도로 도덕률의 키워드를 내재했고, 이성으로 납득할 수 없는 것들은 외웠으며, 그러고도 모르는 것은 틀렸다. 필기시험 결과, 한 문제를 틀렸다. 무슨 문제를 틀렸는지는 아직도 모른다.

*이언 매큐언, 《칠드런 액트》, 민은영 옮김, 한겨레출판, 2015

*모티어 애들러, 《개념어 해석》, 최흥주 옮김, 모티브, 2007

실기 시험

실패를 벗어나 우아한 영혼으로

고백하자면, 운전면허 시험을 봤던 2012년으로부터 10여 년 전 미국에 살 때 면허를 따려고 시도한 적이 있었다. 내가 살던 동네는 대도시에서 고속도로를 타고 3시간 정도 걸리는 시골이었다. 대학 건물들을 중심에 두고 사방으로 도시가 퍼져 있고, 그 경계를 벗어나면 굴곡 하나 없이 직선으로만 그려지는 들판이 이어진다. 곡물을 저장하는 사일로(silo), 농가와 헛간이 점점이 찍혀 단조로운 풍경에 포인트를 주는 곳. 너무도 오롯하게 혼자 서 있어서 외롭게도, 당당하게도 보이는 집들.

그런 동네에서 생활의 필요를 갖추고 문화적 교양을 쌓으며 살려면 운전이 필요하다. 물론 많은 캠퍼스 타운이 그러하듯이 레드, 블루, 옐로, 그린처럼 색깔의 이름을 단 버스가 있다. 캠퍼스 근처에서 살면서 버스를 타고 학교에 갔다가 6시 전에 돌아오면 그린과 블루를 탈 수 있다. 가끔 일주일에 한 번 정도, 짐을 들고 버스를 타는 게 쉽지 않을까 봐 친절한 친구들이 마트에 데려다준다. 대도시에서처럼 지나가는 택시를 붙잡을 순 없고, 예약해야만 한다. 영화나 공연은 버스 노선과 시간에 따라 정해진다.

그런 동네에서 2년쯤 살다가 운전을 배우기로 했다. 외국이라는 낯선 불안감도 극복했고, 친구들도 생겼다. 이제 진짜 정착하는 거야, 하고 결심하니 운전은 필수였다. 필기시험은 평소 암기 시험에 단련된 학생에게는 어렵지 않았다. 문제집을 사서 한 번 풀어보는 것만으로도 붙을 수 있었다. 하지만 그다음 단계에서 나는 세 가지 실수를 저지르고 만다.

(1) 면허를 따기도 전에 차를 산 것 : 이사하는 학생이 남긴 낡은 차를 헐값에 넘겨받았다. 연습할 때 써야지, 라고 태평하게 생각했다. 제대로 몰아보지도 못한 이 차는 애물단지가 된다.

(2) 정식 운전 교습을 등록하지 않은 것 : 대학 동기 J가 같은 동네로 이사 왔다. 성실하고 고압적이지 않은 그가 운전을 가르쳐주겠다고 했다. 좋은 운전자고 자상한 교습자였다. 그러나 자신 없는 기술을 배울 때는 전문가가 필요하다.

(3) 자신의 기질을 잘 모른 것 : 그때까지의 나는 제대로 된 운동을 해본 적이 없었다. 내가 움직이지 않더라도 내 몸을 옮겨주는 물건들을 무서워했다. 엘리베이터, 에스컬레이터, 회전문조차도 통과할 때면 약간 두려움을 느끼는 유형이었다.

내 생애 최초의 운전 연습은 어느 가을날 이른 아침, 빈 주차장에서 시작되었다. J가 모는 차를 타고 시내의 적당한 공터를 찾았다. 미국 소도시의 야외 주차장은 예상 이상으로 넓었다. 처음 핸들을 잡았을 때가 기억난다. 손에 느껴지는 차가운 플라스틱의 감각. 오래된 만큼 크게 울리던 소리. 나는 친구의 지시에 따라 서서히 액셀을 밟고 나갔다. 아마 그때의 속도는 시속 15킬로미터 정도 아니었을까. 그렇게 직진으로 10여 미터를 갔을 때 친구는 커브를 주문했고, 나는 호기롭게 핸들을 꺾은 결과…… 주차장 주위를 두른 쇠 말뚝으로 돌진.

워낙 저속이었고, J가 옆에서 잡아주어서 간신히 사고 없이 멈췄다. 그 누구도, 그 무엇도 다치지 않았다. 차와 기둥 양쪽에 아무런 흔적이 없었다. 하지만 충돌이라는 가능성을 엿본 첫 실패의 충격은 내 마음에 흔적을 남겼다.

그 이후로는 운전 연습을 하지 않았다. 실기 시험은 보지 않았고, 미국에서의 삶은 필요를 줄이는 것으로 재정비되었다.

그때 다시 도전하지 않았던 이유를 생각해본다. 잠재적 위험을 감수하면서 운전을 해야 할 필요가 없었기 때문이다. 그때는 어렸다. 남의 도움을 받고 사는 게 괴롭지 않을 만큼 어렸다. 외국에서 적은 생활비로 사느라 기본적 욕구를 채우는 데 급급하기도 했다. 이처럼 여러 가지 이유가, 핑계가 있었다.

하지만 운전대를 다시 잡지 않은 진짜 이유는 또다시 실패하기 싫었기 때문이라는 말이 제일 솔직하리라. 굳이 외국이라는 환경을 탓하지 않더라도, 어떤 목적을 이루기 위해 사는 삶은 하루하루가 사소한 좌절과 실패의 연속이었다. 그만도 버거운데 삶을 살짝 흔들 수 있는 중간 크기의 실패들이 적잖이 일어났고, 마음 아팠고, 이겨내느라 정신이 없었다. 정말로 필요하지 않다면, 없이도 살 수 있다면 가능한 한 실패를 피하고 싶다는 마음이었다.

그러나 실패는 주저앉기 쉽지만 언제까지나 머물 수는 없는 집과 같다. 우리는 실패를 두려워하고 너무나 미워하지만, 일단 한번 찾아오면 언제까지나 거기 있고 싶다는 마음도 든다. 또 다른 실패는 더 크고, 더 아프고, 더 강렬하리라는 것을 알고 있기에. 이미 맛본 실패는 헤어날 수 없는 나쁜 친구처럼 어느새 편안해지기까지 한다. 하지만 우리는 그 안온한 실패를 언젠가는 떠난다.

한국에서 다시 실기 시험에 임하는 나의 마음도 비슷했다. 이번엔 준비도 했고, 전문 강사에게 연수도 받았고, 이전보다는 여유가 있었다. 실패하면 새로이 시도하면 된다…….

여유가 지나쳤던 걸까, 나는 심지어 기능 시험에서 두 번 연속으로 떨어졌다.

운전 시험 간소화의 시절이었다. 기능 시험이라고 해봤자, 지시에 따라 벨트를 매고 시동을 걸고 방향 지시등을 켜는 등의 간단한 조작을 해 보이고, 50미터를 가서 커브 한 번을 돌고 들어오면 완수되는 과정이었다. 그런데 나는 한 가지를 할 수 없었다. 커브 돌기. 10여 년 전에 향했던 그 주차장의 쇠 말뚝과 유사했다. 한 번은 너무 빨리 돌았고, 다른 한 번은 선을 벗어났다. 나는 어찌해야 제대로 커브를 돌 수 있는지 알 수 없었다.

어쩌면 우리 몸은 생각보다 실패를 더 오래 기억하는지도 모른다. 10년 전에 몰랐던 것처럼 핸들을 살짝 트는 그 동작을 몸은 여전히 몰랐다.

채드 하바크의 《수비의 기술》은 제목에서 유추할 수 있듯이 야구에 관한 책이다. 작품 내에서는 아파리치오 로드리게즈라는 전설적인(그러나 가상의) 선수가 쓴 자기 수련법을 담은 책 제목으로 등장한다. 소설의 주인공은 미국 중서부의 웨스티시 대학의 야구 선수들이다. 풋볼팀 주장과 야구팀 주장을 동시에 맡고 있으며, 로스쿨을 준비하면서도 선수들을 엄마처럼 보살피는 마이크 슈워츠. 체구가 작고 소심해 보이지만, 아파리치오만큼이나 전설적인 유격수가 될 헨리 스크림샌더, 헨리의 룸메이트이자 문학청년이고 동시에 팀에서 없어서는 안 될 오웬 던. 그리고 대학 총장 거트 어펜라이트의 딸 펠라. 이들은 각자의 인생에서 어떤 실패와 상실을 겪고 좌절에서 딛고 일어나려고 노력하는 청춘들이다.

\\\

나의 운전면허 시험 실패가 이들이 겪은 실패의 크기와 동일하진 않을 것이다. 적어도 헨리의 좌절은 나보다 깊었다. 큰 야심 없이 야구를 하던 꼬마 헨리는 마이크의 눈에 들어 웨스티시에 오게 되고, 3년 만에 눈부신 활약을 보이며 스카우터들의 눈에 든다. 무실책 연승 기록까지 세워가며 꿈에 그리던 세인트 카디널스의 입단에 거의 다다랐던 헨리는 어느 날 실수로 오웬을 다치게 하고, 그 이후로는 제대로 송구할 수 없게 된다. 야구에서 완벽을 추구했던 헨리가 쌓아올린 모든 것들이, 그의 삶이 무너지고 만다.

가상의 책 《수비의 기술》에는 운전의 기술에서도 적용할 수 있는 몇 가지 잠언들이 있다. 가령,

> 3. 세 단계가 있다. 생각이 없는 존재. 생각하는 존재. 생각이 없는 존재로 되돌아가는 존재.
> 33. 첫째와 셋째 단계를 혼동하지 말라. 생각이 없는 존재가 되지 못할 사람은 없다. 생각이 없는 존재로 되돌아가는 사람은 극소수다.(1권, 34쪽)

모든 기술이 이러하다. 익히기 전에는 아무 생각이 없고, 익힌 후에는 공들여 기술을 구사한다. 하지만 진정으로 그 기술을 익혔다고 말하려면 다시 생각 없이 행할 수 있어야만 한다. 심리학의 정보처리 모델에서 자동화된 상태가 되었을 때 그 기

술을 익혔다 말할 수 있다. 실패는 생각하는 존재에 머물러 있을 때 일어난다. 자신의 동작을 하나하나 의식하고, 그를 재연하려 하지만 그렇게 되지 못했을 때 실패하고 만다. 생각하는 존재에서도 과업을 이룰 수는 있지만, 결국 어느 순간 동료의 머리로 공을 던지는 실수를 저지르면, 아무리 해도 눈앞의 길에서 핸들을 틀 수가 없으면 원하는 경지에 다다를 수 없다.

몸이 자연스럽게 해낼 수 없다. 그것이 내가 겪은 실패였다. 하지만 아직 희망이 있었다. 헨리 스크림샌더처럼 수없이 많은 공을 던지고, 한없이 멀리 뛰고, 수없이 웨이트트레이닝을 한 후에 겪은 실패가 아니었기에. 나는 아직 생각이 없는 존재였기에, 생각을 하며 몸을 만들지 않았기에. 모든 사람이 수월히 통과하는 기능 시험에 두 번이나 떨어진 것은 내가 겪었던 실패들에 비하면, 앞으로 겪을 실패에 비하면 아무것도 아니었기에.

인간의 삶은 이제 더 실패할 기회조차 남지 않았다고 생각할 때 끝나버린다. 《수비의 기술》에는 그런 비극적인 이야기도 있다. 실패는 이제 마지막이라고 생각했을 때 더는 이어지지 않는 삶이 있다. 그에 비하면 운전면허 시험은 마냥 너그럽다. 성공할 때까지 기회를 계속 준다. 나는 그 점이 마음에 들었다. 얼마든지 연습할 기회가 있다. 포기하지 않는다면 잇따라 시험을 볼 수 있다.

\\\

몇 년 후, 미술 수업에서 스프레차투라(sprezzatura)라는 말을 배웠다. 16세기 르네상스 시대의 이탈리아 작가 발다사르 카스틸리오네가 사용했다는 말로, 원래는 '경멸하다'라는 말에서 유래했다고 한다. 그런데 미술 등의 예술에서는 '어려운 일을 해내면서도 신경 쓰지 않는 듯한 무심하고 우아한 태도'라는 식으로 이해된다. 요샛말로 하면, '노력 없는 아름다움(effortless chic)'과 같은 정신이다. 어렵고 힘든 기술을 해낼 때, 자연스럽고 우아하게 쉬운 듯해야만 한다. 르네상스 이래로 예인들은 이 스프레차투라를 기예의 원칙으로 삼고 실천해왔다. 지금도 이런 정신은 여전히 남아 있는 것 같다. 가령, 피겨스케이팅이라면 어려운 쿼드 점프를 해내면서도 우아하고 쉽게 해낼수록 높은 점수를 받을 것이다. 노래라면 고음을 쉽고 편안하게 올릴 때 더 아름답다고 여길 것이다.

하지만 역설적으로 스프레차투라에는 부단한 노력과 연습이 전제된다. 우리가 어린이처럼 단순하게 그린 그림을 보고, 이런 그림은 나도 그릴 수 있겠다고 말하지만, 그 사람이 그렇게 간단한 선으로 표현하게 되기까지는 수없이 많은 연습이 있었을 것이다. 피겨스케이팅 선수가 4회전을 쉽게 해낼 수 있게 될 때까지는 숱하게 넘어지는 아픔이 있었을 것이다. 우아하게 되기 위해서는 우아하지 않게 넘어지는 과정이 있었을 것이다. 나는 '노력을 들이지 않는 손쉬운 아름다움'을 볼 때 그 점을 생각한다.

태어날 때부터 천재여서, 무엇이든 쉽게 해낼 수 있었으면 좋았으리라. 스프레차투라에 깃든 미학적 감상이 극단적으로 가면, 바득바득 노력하는 것을 멸시하는 태도까지도 보이게 된다. 나는 언젠가 지인이 새로 들어온 신입을 두고 "그 사람은 너무 노력하는 것처럼 보여서 별로"라고 말하는 것을 듣고 위화감을 느꼈던 적이 있었다. 지인은 쉽게 해내는 일을 신입은 할 수 없었을지 모른다. 우리의 타고난 재능은 다르다. 그러니 노력을 해야 한다. 누군들 우아하게 해내고 싶지 않겠는가. 스프레차투라가 예술적으로 극상의 태도로 꼽히는 이유도 그것이 어렵기 때문일 것이다. 우리는 타고난 재능이 없고, 있더라도 연습 없이는 우아할 수 없다. 내가 운전면허 시험에서 흉하게 계속 떨어지면서 한 생각이다. 나는 우아하고 쉽게 운전하는 사람들을 부러워했지만, 그들에게도 연습의 나날이 있었으리라. 혹은 어떤 이들은 타고난 재능이 있었을지 모르지만, 나처럼 특별한 재능이 없는 보통의 사람 중에서는 실패를 겪었던 이도 있었으리라. 모두가 처음부터 우아할 수는 없다. 처음부터 4번 타자가 되고 삼진을 잡는 선수가 되는 것이 아니었다.

《수비의 기술》에서는 실패한 자들을 위한 위로도 있다.

> 영혼이란 사람이 처음부터 지니고 태어나는 게 아니라, 노력과 실수, 학습과 사랑을 통해 만들어가야만 하는 것이라고.(2권, 419쪽)

\\\

영혼은 타고나는 것이라 생각하기 쉽지만, 실은 우리 몸이 행하는 많은 일을 통해서 만들어지는 것이다. 하다못해 운전면허 실기 시험 연습을 통해서도, 떨어지고 다시 연습하고 붙으려는 노력을 통해서도 영혼을 만들 수 있는 것이다. 수만 개의 공을 던지든, 연습장을 계속 빙글빙글 돌든, 우리 몸이 실패를 몰아내고 성공의 시도를 기억할 수 있게 될 때 비로소 원하는 곳에 당도하게 된다.

《수비의 기술》에서 우리가 기억해야 하는 게 또 하나 있다. 게임을 이기는 기술은 오로지 홈런만이 아니라는 사실이다. 배팅 연습을 수천, 수만 번 하는 건 매번 홈런을 치기 위해서가 아니다. 안타를 치고 진루하기 위해서만도 아니다. 방망이를 계속 휘두른 사람이 번트도 칠 수 있다. 헨리가 슬럼프에서 벗어나기 위해 필요했던 것도 그러한 엄청나고 화려한 기술이 아니었다. 보기 좋고 근사한 방법은 아니었지만, 작은 기술로 팀과 자신을 구했다. 운전면허 시험에 통과하기 위해서는 홈런이 필요 없다. 백 점을 맞아야만 통과하는 것이 아니기에, 사소한 실책이 게임을 완전히 망치진 않는다. 커브 길이 닥쳐왔을 때 살짝 손목을 꺾기만 해도 되는 것이다. 타자가 번트를 치기 위해 손목을 꺾듯이. 그 번트를 치려고 연습했던 많은 시간의 기억을 몸으로 불러내면서. 기능 시험이 야구가 아닌 게 얼마나 다행인가. 몇 시간의 연습만으로도 번트를 칠 수 있으니. 그렇게 번트를 치고 나는 기능 시험에서 합격했다.

몸이 기억한 것들을 계속해낼 수 있었으면 좋았겠지만, 나는 아직 '생각이 없는 존재로 되돌아간 존재'가 아니었기에, 아쉽게도 주행 시험에서도 한 번 떨어졌다. 이번에는 노란 신호를 보고 조급해져서 속력을 냈다는 이유였다. 마음이 급했고, 실책을 범했다. 하지만 이번에는 너무 걱정하거나 좌절하거나 괴로워하지 않았다. 그저 또 한 번 레슨에 등록했을 뿐이었다. 연습하면 몸이 기억하고, 그러면 언젠가 실패라는 편안한 고뇌에서 떠날 수 있다는 것을 그때는 이미 알고 있었다. 언젠가는 우리도 어려운 일을 쉽게 해내는 우아한 영혼이 될 수 있다. 내가 초보일 때는 너무 힘들어 보였던 운전도 이제 걷는 일처럼 자연스럽게 해낼 수 있다. 내가 운전면허 학원에서 배운 가장 큰 교훈이었다.

* 채드 하바크, 《수비의 기술》, 문은실 옮김, 시공사, 2012

차량 구매

좋은 파트너의 체크리스트

인생에서 중요한 쇼핑은 파트너를 고르는 일에 버금간다. 이 말에 동의하지 못하는 사람도 있으리라. 하지만 대상의 유일성과 관련 없이 선택의 과정은 늘 비슷한 단계를 거친다.

2016년 5월 28일 〈뉴욕타임스〉에 실린 알랭 드 보통의 칼럼 제목은 '우리는 왜 잘못된 사람과 결혼하는가'이다. 인생에서 가장 중요한 선택일지도 모르는 파트너 고르기. 대부분 신중하게 파트너를 고르지만, 시간이 지나면 뭔가 어긋나 있는 걸 발견하게 된다. 그래, 많은 사람이 궁금해할 만하다. 왜일까?

이 칼럼에 따르면, 우리는 서로를 모르고, 시간이 지나서야 발견하기 때문이다. 심지어 우리는 자신의 성격조차도 잘 모른다. 기분 좋고 느긋할 때의 나와 일에 몰리거나 위험할 때의 나는 다른 사람이다. 사람의 다면적인 모습을 다 알기란 불가능하고, 누구도 완벽하지 않다. 우리는 행복을 찾는다고 생각하지만 실제로는 익숙한 것을 행복한 것이라고 착각하고, 외로워서 실수를 저지르며, 좋은 느낌을 영구히 고착하려고 결혼을 하지만, 결혼 자체가 인생의 변화로 우리를 밀고 나간다. 이 글의 논리대로라면, 잘못된 사람과 결혼할 가능성이 '제대로 된(right)' 사람과 결혼할 가능성보다도 더 높다.

일회용이 아닌 것과 함께한다는 건 늘 이런 위험성을 내포한다. 좋은 선택을 할 가능성만큼이나 나쁜 선택을 할 가능성이 있다. 대표적으로 집. 우리는 집을 살 때, 그 집이 시간에 따라서 어떤 모습을 드러낼지 알지 못하며 익숙한 형태의 집을 고르기도 하고 급한 나머지 자세히 살펴보지 못하는 실수를 저지르기도 한다. 처음 새집의 느낌이 영원히 계속되리라 믿기도 한다. 그러나 그 집에 살다 보면 비가 많이 오는 날에는 천장과 창문 사이의 접합 부분에서 물이 새며, 방음이 잘되지 않아 시끄럽고, 어떤 연유인지 먼지가 많이 들고, 냄새가 잘 빠지지 않는다는 사실 등을 발견하게 된다. 집처럼 돈이 많이 드는 인생 최대의 쇼핑은 그 결과에 대한 책임을 오랫동안 져야만 한다. 차도 마찬가지이다.

운전면허를 딴 후에도 나는 한동안 운전을 하지 않았다. 아니, 못했다. 차가 없었으니까. 운전을 시작하기로 다시 맘을 먹었다면 그다음 순서는 차를 사는 것이다. 하지만 어떤 차를 살 것인가? 내 인생에서 두 번째로 중요한 쇼핑이었지만 고민은 가장 깊었던 쇼핑이었다. 첫 번째로 중요한 쇼핑이었던 집은 제한이 너무 많았기에 오히려 쉬웠다. 적은 예산을 벗어나지 않고, 원래 살던 집에서 가까울 것. 그 조건에 맞아 떨어지는 집이 딱 하나밖에 없었기에 내 선택이라고 볼 수도 없다.

하지만 차는 달랐다. 이것은 오롯이 내가 선택할 수 있는 물건이다. 역시 예산은 적고 고를 수 있는 차의 범위도 좁았지만, 초보 운전자라 크고 좋은 차를 운전할 능력도 없던 터였다. 나는 여러 선배님들의 충고를 받고, 인터넷 사이트를 뒤져가며 탐색을 시작했다. 차를 살 때는 여러 요소를 고려해야 했다. 차의 크기, 가격, 형태, 색깔, 생산 연도, 브랜드, 옵션…….

한도 끝도 없었다. 탐색을 오래 할수록 체크리스트는 길어졌다. 내가 주로 정보를 얻었던 다음 자동차 사이트에서는 어떤 차를 검색해도 칭찬보다는 비판이 많았다. 안전도가 떨어지는 국산 차를 사도 멍청이, 가격이 비싸고 겉만 번드르르한 외제 차를 사도 멍청이, 어떤 차를 사도 멍청이 소리를 피할 수가 없다. 어떤 선택을 하든 옳은 선택보다는 잘못된 선택을 할 판이었다.

우리가 하는 모든 선택이 그렇다. 고심할수록, 신중할수록 체크리스트는 길어지고 그에 맞는 물건을 고를 가능성은 떨어진다. 그리고 결국은 하나를 골랐더라도 잘못된 선택에 이르게 된다.

그레임 심시언의 《로지 프로젝트》는 아내를 찾아 나선 한 남자의 이야기이다. 이 작품의 주인공인 39세의 돈은 오스트레일리아의 멜버른에 있는 대학의 유전학과 조교수로, 아스퍼거 증후군이 있는 천재이다. 시간을 정확히 계산하여 움직이고, 식단도 주 단위로 계획해서 철저히 지키지만 사회적 능력은 없다. 심리학과 교수인 진과 그의 아내 클로디아를 제외하면, 가까운 사람은 자살한 누나와 윗집 할머니 대프니뿐이다. 어느 날 돈은 대프니의 충고에 따라 결혼을 결심한다.

타인에게 공감하는 능력이 부족한 돈은 아내를 찾는 일도 프로젝트로 만든다. 그는 이상적 아내의 요소를 넣은 설문지를 작성하고 데이트를 하는 여자들에게 이 설문지를 돌린다. 학위, 흡연 여부, 식성, 화장과 장신구 취향 등등. 하지만 그런 방법으로 쉽게 아내가 찾아질 리는 없고, 이 조건에 전혀 맞지 않는 여성 로지가 나타나면서 돈의 프로젝트는 점점 계획과 다르게 흘러간다.

로지는 화장과 의상 취향도 그와 다르고, 육식도 하지 않고, 직업도 맘에 들지 않는 여자이다. 하지만 돈은 굳게 지켰던 자신의 원칙을 깨고 로지와 함께 새로운 프로젝트에 뛰어든다.

사랑스럽고 웃긴 이 소설은 예상 가능한 방향으로 흘러간다. 즉, 우리는 항상 계획한 대로 실행하지 않으며, 예상하지 못한 선택을 하며, 선택은 가끔 우리의 손안에 있지 않다는 공리를 새삼 깨닫게 한다.

언젠가 친구가 내게 차를 왜 사려고 하는지 물은 적이 있다. 그때 나는 '그냥 갖고 싶어서'라고 대답했다. '운전'이라는 행위와는 약간 별개의 문제로, '차'라는 물건을 나는 그저 갖고 싶었다. 누군가가 수입 범위를 넘는 가방을 갈망하듯이, 좋은 랩톱을 사고 싶어서 안달하는 것처럼. 가끔은 얻고자 하는 모든 것들이 그저 갖고 싶다는 이유만으로 결정되기도 한다.

《로지 프로젝트》에는 선택과 취향의 비논리성에 대한 재미있는 비유가 있다. 돈은 데이트에서 만난 엘리자베스와 아이스크림을 먹으러 간다. 엘리자베스가 자신이 좋아하는 살구 맛이 없어 먹지 않겠다고 하자, 돈은 찬 걸 먹으면 맛봉오리가 냉각되기 때문에 모든 아이스크림의 맛은 똑같고, 우리는 본질적으로 망고든 살구든 구분할 수 없다고 설명한다. 엘리자베스는 그의 말을 이해하지 못하고 떠나버린다. 엄격하게 모든 아이스크림이 똑같다고 주장하던 돈은 흔들리게 된다. 로지는 망고와 살구 맛 아이스크림을 다섯 번 연속, 즉 1/32 확률로 골라낸 것이다. 과학적 우연을 넘어서는 수치였다.

우리의 취향에 입각한 선택이란 전체적으로 차이가 없는 것들 사이에서 내가 좋아하는 살구 맛 아이스크림을 골라내는 것과 같은 일인지도 모른다. 한정된 예산하에서는 내가 고를 수 있는 차는 몇 종으로 좁혀졌다. 나는 그래도 쉽게 고르지 못했다.

그렇게 기다리기를 1년 끝에 어떤 차를 사기로 한다. 남에게 설명할 수 있는 이유는 여러 가지가 있었을 것이었다. 안전등급이 높기에, 작지만 잘 달리기에, 토크가 좋기에(사실은 그게 어떤 개념인지 명확히 모른다), 로고가 마음에 들어서, 플래시 레드라는 색깔에 꽂혔기에. 그저 별 의미 없는 차이일지 모르지만,

그것이 나의 살구 맛이었다.

그리하여 딜러와의 지지부진한 협상과 내가 직접 운전하지도 않은 시승까지 거친 후 2013년 8월 나는 그 차를 샀다. 몇 년 후에 후회를 불러오는 거대한 세계적 사건이 발생할지는 꿈에도 모르고. 하지만 다시 알랭 드 보통의 칼럼으로 돌아가면, 우리가 인생에서 가장 심혈을 기울여서 하는 선택인 결혼의 경우에도 실망은 찾아오며, 그것은 '보통의 일'이다. 대다수 사람이 결국은 실망하게 된다는 것, 그것이 그렇게 드문 경험이 아니라는 말이다. 선택에는 실망이 보통임을 이해한다면, 차에 대한 불만 정도는 감수해야 한다. 설사 헤어지게 되어도, 차는 인간 파트너와 달리 얼굴을 붉히지 않는다는 장점도 있다.

* 그레임 심시언, 《로지 프로젝트》, 송경아 옮김, 까멜레옹, 2013

\\\

코너링

이중구속과 여자의 선택

남을 가르치는 행위에 항상 경외감을 느낀다. 가르침은 타인의 변화를 목적으로 하지만, 그 목적을 이루기가 힘들기 때문이다. 교육으로 인간이 크게 달라지는 건 너무도 어려운 일이기에, 이상을 품고 기꺼이 가르치는 이들에게 경의를 표해 마땅하다고 생각한다. 나 또한 각종 가르치는 일을 20년 넘게 해왔고, 수없이 좌절했다. 타인과 나 자신에 대해서. 아마 나를 가르쳤던 운전 강사도 그런 좌절을 겪었으리라.

차를 구입하고도 운전에 자신이 없었던 나는 운전 연수를 20시간 신청했다. 원래 1회분 10시간인데, 10시간으로는 잘 해낼 수 없다는 생각에 10시간을 늘렸다. 운전 선생님은 40대 후반에서 50대 초반 사이의 무던해 보이는 인상의 여성이었다. 하지만 그녀의 사람 좋고 덤덤한 태도는 연수생의 실력에 큰 기대가 없을 때 나올 수 있는 것이었다. 짜증을 자제하고 인내심을 발휘할 수 있는 전문가만이 가질 수 있는 태도, 그리고 두 시간짜리 연수를 1시간 45분에 끝내버리는 '융통성' 있는 직업인이 짓는 표정이었다.

자기 차를 가지고 하는 연수였으므로, 선생님은 조수석에서 브레이크를 제어할 수 있는 기다란 막대기를 가지고 왔다. 그 막대는 그저 선생님처럼 보이게 하는 소도구일 뿐임은 금방 알게 되었다. 선생님은 수업 전날 "내일 6시에 만나요", "내일 8시" 정도의 짧은 문자를 보냈고, 약속 장소에 나가면 옆자리에 올라타서 별말 없이 강북을 달리는 것이 운전 연수의 전부였다. 강사마다 각자 담당하는 일종의 구역이 있기에 선생님은 특별한 경우("오늘은 강남 연수를 해보겠어요")를 제외하고는 그 영역 안에서만 차를 운전하게 했다. 단 한 번 내가 차를 돌리지 못해서 경기도까지 간 적은 있었다.

가르치는 사람으로서 실천할 수 없지만, 배우는 사람에게는 중요한 교수법의 기술들이 있다. 먼저, 교사는 실행할 수 있는 지시를 가급적 직접적 묘사로 전달해야 한다. 한때 유행했던 농구 코치식 농담이 있다. "우리가 잘해야 하는 게 두 가지 있어. 하나는 디펜스고, 하나는 오펜스야." 하지만 이렇게 구체성이 없는 지시를 주어봤자 아무런 의미가 전달되지 않는다. 운전에서 선생님이 "흔들리지 말고 똑바로 가라"라고 말하는 건 아무 의미가 없다. 흔들리지 않고 똑바로 가기 위해선 어떻게 동작해야 하는지 말해주어야 한다. 두 번째, 교사는 부정형의 지시를 하더라도 결국에는 목표를 긍정적 지시문의 형태로 전달해야 한다. 나의 운전 선생님은 내게 "핸들을 돌리며 손목을 같이 꺾지 마라"와 같은 말을 여러 번 했지만, 그렇게 하지 않으려면 어떻게 해야 하는지는 묻기 전까지 먼저 말해주지 않았다. 이 말은 핸들을 붙잡은 채로 손목을 움직이려 하지 말고 손은 고정한 채로 손바닥 안에서 핸들만 돌아가게 해야 한다는 뜻이었다. 교사의 수칙 세 번째는 이중구속 지시를 주어서는 안 된다는 것이다. 이중구속이란 20세기의 영국 인류학자였던 베이트슨(Gregory Bateson, 1904~1980)이 제창한 개념인데, 부모가 서로 상반된 지시를 한꺼번에 줄 경우 아동은 정신적 혼란을 느끼고, 불안한 심리 상태에 빠지게 된다고 한다. 가령, "편하게 네 뜻대로 해 봐"와 "맘대로 하면 어떡해" 같은 모순된 메시지를 주면, 아이는 아무것도 할 수 없다. 내 선생님의 언어는 세 가지 기술 모두 구사하지 못했지만, 나는 특히 이 세 번째에서 혼란을 느꼈다.

그중에서도 가장 힘들었던 것은 코너링이었다. 심지어 나는 실기 시험을 볼 때도 코너링을 제대로 못해서 떨어진 적이 있었다. 나중에 익숙해지면 코너링이 어렵다는 사실조차 이해할 수 없게 되지만, 그때는 좀체 감을 익히지 못했다. 선생님은 매번 코너를 돌 때마다, 유턴을 할 때마다 이렇게 말했다. "천천히 가면서 빨리 돌아요."

뭐라고? '천천히'와 '빨리'는 우리가 가장 먼저 배우는 반의어가 아니었나? 천천히 빨리 돌라는 것이 무슨 말이야? 이런 이중구속적인 지시를 수많은 운전자들이 매일 실행하고 있었나? 그들은 어떻게 의연하게 이를 수행하면서 살아가고 있단 말인가? 모순이 저절로 풀리는 지점이 있단 말인가?

콜럼 토빈의 《브루클린》은 더 나은 삶을 위해서 고향을 떠나온 여자에 대한 이야기이다. 20세기 초반, 미국이라는 새로운 기회의 땅에서 삶을 시작한 사람, 그러나 영혼은 여전히 고향 아일랜드에 붙들려 있었던 여자.

아일랜드의 지방 에니스코시에 사는 아일리시는 미스 켈리의 식료품점에서 일하며, 부기(簿記)와 회계를 배울 생각을 하고 있다. 그러나 언니 로즈는 아일리시가 이곳을 벗어나 다른 곳에서 더 나은 생활을 하길 바란다. 아일리시의 오빠들은 일자리를 구해 영국에 있었지만, 로즈가 아일리시를 보낸 곳은 미국이었다. 로즈는 골프 클럽에서 만난 플러드 사제에게 부탁하여 아일리시의 뉴욕 거처와 직장을 구해준다.

키호 부인의 하숙집에서 살게 된 아일리시는 바르토스 상점에 판매원으로 취직한다. 얼마 안 되는 봉급으로 생활하며 회계와 부기 공부를 하는 아일리시는 이민자로 산다는 것이 무엇인지를 실감하게 된다. 모든 것이 낯설고 적대적이지만, 그러기에 희망이 있는 곳 브루클린. 그곳에서 아일리시는 상냥한 이탈리아 청년 토니를 만나고, 이제 미국이 고향이 될지도 모른다는 생각을 한다. 그러나 인생의 길에는 언제나 시험이 기다리고 있는 법. 아일리시를 미국으로 보낸 로즈는 그녀가 아일랜드로 다시 돌아오는 계기를 제공한다.

《브루클린》을 읽으며 나는 어떤 감정적 이중구속을 느꼈던 것 같다. 편안하고 익숙한 아일랜드, 새롭고 알 수 없는 브루클린. 양쪽에 동시에 매인 아일리시처럼 내 몸과 마음도 양립할 수 없는 두 가지의 구속에 갇힌 기분이 들었다. 누군가 나의 앞길을 무척 걱정해주고, 그래서 품속에서 떠나보낸다는 것. 하지만 그러하기에 나의 마음은 그 사람에게 붙들려 있다. 그 자체만으로 어떻게 해야 할지 모르는 상황이다. 아일리시가 아일랜드에 느낀 감정이 그런 역설이 아닐는지. 아일랜드는 친숙한 땅, 어떤 새로운 것도 약속하지 않기에 떠나야 하는 곳이지만, 그저 머문다면 안온할 것이기에 쉽게 떠날 수가 없다.

삶에는 이런 이중구속들이 존재한다. 사람들은 스스로 인생을 개척해나가야 한다고 말하지만, 남의 충고를 따라서 개척해볼까 하는 순간 '스스로'는 없어진다. 도전은 신중해야 하지만, 또한 과감해야 한다. 좋아하는 일을 해야 하지만, 노동은 본질적으로 즐거움의 영역이 아니다. 너무 소중한 사랑이라 떠나보내지만, 그러기에 그 사랑을 잊지 못한다. 인간의 삶에 있는 이중구속, 특히 여자들은 이런 이중구속의 지배를 쉽게 받는다. 사회에서 성취를 거두라고 어릴 적부터 배웠지만, 여전히 여자의 행복은 가정에 있다고 태연히 말하는 사람들이 있다. 여자들도 야심을 가질 수 있다고 하지만, 야심을 드러내면 조직에서 배척당하니 겸손하고 지혜롭게 처신하라고 한다. 우리는 어느 방향으로 가야 할지 몰라 제자리에서 갈팡질팡한다.

그런데 감정적 이중구속으로 보이는 모순들이 서로 양립하는 지점들이 분명히 있다. 살다 보면, 모순들이 저절로 해결되거나 아니면 해결되지 않은 채로 같이 가는 것처럼 보일 때가 있을 것이다. 그것이 아마 소위 말하는 '삶의 기술'이 아닐까. 삶의 양극단으로 끌어당기는 모순들 사이에서 균형을 잡고 서 있다면, 어떻게든 삶은 이어진다. 어쩌면 우리는 아예 구속을 끊고 한쪽으로 달려갈 수 있을지도 모른다. 아일랜드에 남을 것인지, 브루클린으로 돌아갈 것인지, 한쪽을 선택할 수 있는 결단을 내리면 좀 더 자유로워질 수도 있다.

우리 삶의 문제는 이중구속을 양립하거나 끊어낼 방법이 존재할 가능성을 알지만, 그 내용 자체는 모른다는 것이다. 《브루클린》에서처럼 이중구속에서 풀려날 수 있는 열쇠는 어떤 심술궂은 사람의 모습을 하고 나타나기도 하고, 다른 계기로 드러나는 경우도 있다. 그렇지만 결국에는 자신이 부딪쳐서 그 열쇠를 찾는 것밖에는 방법이 없다. 양쪽에 매인 삶은 오로지 자신의 시도와 착오, 결심으로만 끝낼 수 있다.

나의 운전 선생님이 라틴어 '페스티나 렌테(festina Lente)'를 알았는지 모르겠다. 천천히 서두르라는 뜻의 이 말은 로마의 역사가 수에토니우스가 한 말로, 아우구스투스 황제의 모토였다고도 하고, 후대에는 이탈리아의 명문가였던 코시모 1세 데 메디치의 모토였다고도 전해진다. 그것이 바다를 건너와서 한국의 운전 선생님의 수업 방식이 되었나? 로마의 황제에서 이탈리아의 공작을 거쳐, 한국의 운전 교사에게까지. 이중구속의 역사는 유구하다. 사람들은 늘 모순적인 지시를 내리면서도 그에 대한 구체적인 방식까지는 말하지 않았다. 민첩하게 움직이면서도 차근차근 안전하게. 경계심을 풀지 않으면서도 용기를 잃지 말고. 그렇지만 그게 무엇이라는 말인가?

운전이 익숙해진 후에 알았다. 천천히 빨리 돌라는 말에 숨겨진 동작 순서도를. 그 말은 브레이크를 밟아 속도를 줄이되, 핸들을 빨리 돌려 다른 차에게 방해를 주지 말라는 뜻이었다. 이렇게 이중구속의 지시에도 해결법은 있다. 하지만 초보의 나는 인내심 강한 학생의 면모를 버리고 큰소리로 물었다. "도대체 천천히 빨리 돌라는 말이 무슨 뜻이에요? 알아듣게 설명해 주세요."

가끔 삶에게 이렇게 큰소리로 묻고 싶을 때가 있다. 도대체 양쪽에서 끌어당겨 이러지도 저러지도 못하게 하는 상황은 어떻게 된 거죠? 나보고 어떻게 하라는 건지 알려주세요.

하지만 삶에는 해설자가 없고, 있다고 쳐도 그가 주는 계시는 나의 운전 연수 선생님의 언어보다도 더 모호하다. 삶에서 천천히 빨리 도는 법은 스스로 익힐 수밖에 없는 것이다. 이중구속을 넘어선 부드러운 코너링은 그렇게 쉽게 얻어지는 것이 아니었다. 하지만 계속 몇 번이고 연습하다 보면 언젠가는 자연스럽게 그 모순을 이해하게 된다.

* 콜럼 토빈, 《브루클린》, 오숙은 옮김, 열린책들, 2016

자기 길

돌아보지 않고, 넘겨보지 않고

삼인행, 필유아사언(三人行, 必有我師焉)이라고 고등학교 한자 시간에 배웠다. 세 사람이 가면 그중에는 반드시 나의 스승이 있다는 공자의 말씀이다. 세상에는 수많은 타산지석과 반면교사가 있다. 운전을 하면 이러한 고전적 가르침을 깨닫게 된다. 늘 겸허하게 배우는 마음으로 살아오진 않았지만, 운전을 시작하고서는 한동안 운전하는 사람 모두에게서 팁을 얻었다. 3명 중 한 명이 스승이라면 운전 스승은 얼마나 많겠는가. 이때 발견한 사실, 사람은 남에게 무언가를 가르쳐줄 기회만 있으면 그 기회를 절대 놓치지 않는다는 것이다. 모두들 내게 운전을 기꺼이 가르치려 했다.

다행히도 나는 배울 수 있다면 무엇이든 꺼리지 않는 기질이었다. 내게 필요한 걸 알려준다면 약간의 잘난 척도 받아줄 수 있다. 이런 마음가짐을 내비치면 세상에는 스승이 널려 있다. 특히 운전처럼 많은 사람이 할 수 있는 기술에서는 더더욱 그러했다.

\\\

그중에서 가장 쓸모 있는 가르침을 주는 직업군은 단연 택시 기사님이었다. 즉, 나는 차를 사고 연수를 받은 후에도 한참은 택시를 타고 다녔다. 운전을 할 줄 안다는 것과 운전을 한다는 것은 상당히 다른 행위이다. 나는 운전을 하는 법을 안다고 생각했지만 쉽게, 자주 할 수는 없었다. 일단 대도시 도로에는 차가 너무 많았다. 그 차들 틈에 끼어 차선을 바꾸는 것도 어려웠고, 뒤에서 차들이 다가오거나 옆에 정차된 차가 있을 경우에는 재빨리 대처하기도 버거웠다. 붐비는 도로는 용기 있는 사람들의 전유물이었다.

운전 초기의 나는 택시를 타면 기사님에게 팁을 묻곤 했다. 기사님들은 여러 노하우를 전수해주었지만, 그중에 가장 기억에 남는 건 서초동에서 강남역으로 갈 때 만난 기사님이 한 말이었다. "운전 어려울 거 하나 없어요. 옆에서 어떻게 하든 자기 길만 쭉 가면 돼요."

지금까지도 두고두고 생각해보는 말이다. 자기 길만 쭉 가는 것, 기사님은 세상에서 가장 쉬운 일처럼 말했지만, 이만큼 어려운 일도 없다. 한 차선에 머물며 직진만 하려 해도 차들이 내 앞을 가로막아서 피해야만 할 때도 있다. 무엇보다 초보는 내 길이 무엇인지 영 알 수가 없다. 쭉 가는 건 편하지만, 언제까지나 여기에 머물 수 있을까? 이 길이 정녕 맞는 결정일까?

돌아보면 내가 이제껏 내린 결정들도 그러했다. 일이든 인간관계든 무언가 한번 정하면 쉽게 바꾸기 어려웠다. 가급적이면 바꾸지 않아도 되는 길을 찾았다. 지금 시작한 일이 내게 맞지 않는다고 생각해도 더 맞는 일을 찾아 옮기기가 쉽지 않았다. 그렇게 지금 찾은 길을 쭉 간다고 해도, 옆에서 나를 밀어내거나 끌어낼까 불안했다. 늘 두리번거리면서 차선을 바꿀까 고민했지만, 내가 들어갈 수 있는 자리는 보이지 않았다. 옆에서 다른 사람이 무어라고 말해도 흔들리지 않고 앞을 보고 간다는 건 습득하기 어려운 비법이었다.

존 윌리엄스의 《스토너》는 언뜻 보기에는 한길에 쭉 머물러 있었던 사람의 이야기이다. 1910년, 가난한 농부의 아들이었던 윌리엄 스토너는 열아홉 살에 군(郡) 지원을 받아 컬럼비아에 있는 미주리 대학 농과에 입학한다. 친척 집에서 일을 거들며 고학하던 스토너의 인생이 완전히 바뀐 계기는 2학년 때 교양 수업으로 들었던 '영문학 개론' 강의다. 그때까지 문학을 진지하게 접해본 적 없었던 스토너는 아처 슬론 교수에게 셰익스피어 소네트의 의미를 질문받고 할 말을 찾지 못한다. 그 이후 그는 농과 대학의 수업을 듣지 않고 철학과 고대 역사, 영문학 강의를 신청한다. 문학 속 인물들이 일으킨 강렬한 환상 속에서 앞으로 걸어갈 길을 자기도 모르게 발견한 것이었다.

400페이지에 달하는 《스토너》는 윌리엄 스토너라는 한 인간의 삶을 그리고 있지만, 한편으로는 아무 사건도 없는 소설처럼 보인다. 농부의 길을 걸을 것 같았던 그는 결국 영문학과 대학원생으로 남고, 많은 이들이 명분을 지키기 위해 자처했던 군 입대도 거부한다. 그 이후에는 말단 강사에서 종신 교수로 이동, 짧았던 사랑과 불행한 긴 결혼, 누구보다 아끼는 아이의 탄생과 멀어짐, 학과 내 갈등, 평생에 딱 한 번 찾아온 사랑과 이별, 그 모든 걸 잃은 후의 시간이 이어진다. 보통의 인생처럼 수없이 많은 일이 일어나지만 극적인 사건은 없는 고요한 삶이다.

누군가는 스토너에 대해서 '딱히 별다른 선택을 하지 않은 인생'이라고 할지 모른다. 그는 불행한 결혼을 아내의 뜻대로 유지할 수밖에 없었고, 아내가 딸을 그에게서 빼앗았을 때에도 어쩌지 못했다. 그를 미워한 학과장이 불이익을 주었을 때도 그저 견뎠다. "순간순간 하루하루 의지와 지성과 마음으로 창조되고 수정되는 상태"(274쪽)로서의 사랑을 드디어 찾았지만, 그 소중한 감정을 주위의 모함으로 잃었다. 그때도 그는 상황에 휘말려 사는 듯 보였다.

그렇게 참고 버티면서 이어가는 삶에 어떤 의미가 있을까. 이것이 《스토너》의 이야기다. 《스토너》는 마음 아프지만 슬프지만은 않다. 다른 사람에 맞춰서 살아간 것처럼 보이나 그에게는 한결같은 원칙이 있다. 자신의 안위는 양보할 수 있지만,

고전과 문학에서 발견한 가치에 어긋나는 건 용납하지 않았다. 고요한 스토너의 내면에서는 치열한 파란 불꽃이 타고 있었다.

《스토너》가 세상에 알려지게 된 계기는 공교롭게도 이 소설의 정신과도 유사하다. 나는 이 책의 존재를 2013년 12월 13일 자 〈가디언〉지에 줄리언 반즈가 쓴 칼럼을 보고 알게 되었다. 1965년에 발표된 이 소설은 반향을 불러일으키지 못하고 묻혔다가 2006년에 재출간된 후 이름을 얻고, 2013년에는 '반드시 읽어야 할 책'으로 꼽혔다. 줄리언 반즈의 표현을 빌리면 이 책은 "신성한 내면의 공간"에 관한 소설로 그 안에 문학에 대한 갈망이 있고, 인간을 이해하는 관찰이 있고, 자기의 핵심을 지키는 의지가 있다고 했다. 그리고 작가가 "세상"이라고 칭한 것이 이 모두를 뒤흔든다. 세상은 우리가 나 자신으로 살아갈 수 없게 간섭하는 외부의 힘을 가리키는 이름이다. 그러나 이 이야기는 세상에게 패배하며 끝나지 않는다. 스토너는 아주 사소하지만 모든 이에게 존재했던 열정을 파고드는 자기 길을 갔고, 궁극에는 많은 사람에게도 가닿았다. 줄리언 반즈가 이 소설을 위대하다고 말한 이유가 여기에 있다.

무엇이 위대하고 무엇이 사소한지 말로는 쉽게 가를 수 없다. 일단은 자기가 정한 방향대로 갈 수밖에. 그러다가 언젠가 우리는 다다르게 된다. 그곳에 다다르게 될 거라는 약속이 없더라도, 사소한 삶도 결국엔 위대하다.

이런 태도가 우리가 말하는 '자기 길을 쭉 간다는 것'이 아닐까. 나는 한길만 쭉 갈 수 있는 용기를 부러워했지만, 한편으로는 한길에만 머무르는 사람을 겁쟁이라고 생각했다. 필요할 때는 바꾸어야 한다, 삶에는 '머무르기'와 '옮겨 가기'라는 두 가지 다른 용기가 필요하다. 세상은 우리가 가고자 하는 길로 가지 못하게 방해하고 감시한다. 하지만 결국에 이리저리 길을 옮겼다고 해도 이어보면 하나의 선이 된다. 우리는 그렇게 길을 정하고 계속 쭉 달려온 것이었다.

운전이 익숙하지 않았던 그때, 나는 똑바로 갈 수밖에 없었지만 그조차도 버거웠다. 다른 사람들의 눈치를 보지 않기가 힘들었다. 잠깐의 방해에도 흔들렸다. 하지만 좀 더 빨리 가려고 조급해하지 않으면, 옆 사람의 속도에 신경 쓰지 않으면, 너무 괴로워하지 않으면 자기 길을 갈 수 있다. 아직은 이 길이 맞는지 몰라서 걱정스럽지만, 시간이 흐른 후에는 맞는 길로 가는 게 아니라 가는 길이 맞도록 해야 한다는 걸 깨닫게 된다.

지금도 내 길을 확실히 안다고 자신할 순 없지만, 그날의 택시 기사님의 충고를 지금은 이렇게 해석하고 있다. 남의 눈치를 보지 않고 쭉 가는 게 아니라, 쭉 가려면 남의 눈치만 봐서는 안 된다고. 머무르는 것도 옮겨 가는 것도 자기 원칙대로 해야 한다. 요새는 도로 위의 무법자 택시들이 거칠게 다가오거나 선을 넘어 껴들어도 옆으로 밀리지 않고 꿋꿋하게 내 차선을 지킬 수 있을 정도는 되었다. 그때의 기사님을 도로 위에서 만난다고 해도 나는 밀리지 않고 나의 길을 갈 수 있을 것이다.

* 존 윌리엄스, 《스토너》, 김승욱 옮김, 알에이치코리아, 2015

관점 변화

더 연약한 곳에서 바라보는 풍경

바로 앞장에서는 돌아보지 않고 한길만 쭉 가야한다고 말했지만, 난 한눈을 잘 판다. 말 그대로의 의미, 또 은유적인 의미 둘 다이다. 길을 걸을 때도 항상 두리번거린다. 어떤 일을 하고 있으면, 꼭 다른 일을 해야 할 것만 같다. 긍정적으로 치장하자면, 시야가 넓은 편이라고나 할까. 가령, 운전면허 학원을 다닐 때의 일이다. 당시에는 친구 S와 함께 운전면허 학원을 다녔는데, 주행 코스를 설명하면서, 내가 "거기 스탠더드 차터드 간판이 있는 데까지 가서 유턴을 하는 거야"라고 말했더니 S가 "그런 은행이 있었어?"라고 눈을 동그랗게 떴다. 그때 똑같은 길을 가더라도 사람마다 보는 풍경은 다를 수 있다는 생각을 했다. 사람마다 주시 범위의 차이가 있겠지만 나는 늘 필연적으로 옆의 지형지물을 인식하지 않고서는 방향을 판단할 수 없고 길을 외울 수가 없기 때문에 거리에 무엇이 있는지를 기억해두는 편이다. 한마디로 길을 잘 찾는 방향치라고 할 수 있겠다.

그렇다고 해도 사람은 자기에게 보이는 것만 볼 수 있다.

\\\

운전을 하고 깨달은 건 도보자로서 거리를 지날 때와 운전석에서 바라본 풍경은 다르다는 점이었다. 일단 눈높이가 다르다. 앉아서 바깥을 바라볼 때와 서서, 걸어서 거리를 응시할 때는 눈앞에 보이는 구도가 달랐다. 그것뿐만이 아니었다. 상황의 해석에서도 달라졌다. 걸어서 다닐 때는 초록 불이 너무 짧다고 여겼다. 차를 타고 다닐 때는 보행 신호가 너무나 길게 느껴졌다. 내가 보행자일 때는 시도 때도 없이 좁은 골목으로 들어오는 차들이 짜증스러웠다. 내가 운전자일 때는 차로로 휙휙 뛰어다니는 무단 횡단자들에게 화가 났다.

입장(立場)은 말 그대로 서 있는 곳이라는 뜻이다. 나는 운전을 하면서 내가 어디에 앉아 있는지, 어디에 서 있는지에 따라서 우리의 입장은 너무나도 다를 수 있다는 것을 몸으로 실감했다. 심지어 운전하는 나와 걸어가는 나는 똑같은 상황도 다르게 감각했다. 어디서 바라보느냐에 따라서 눈에 들어오는 것이 달랐다. 화가 나는 지점이 달랐다. 역지사지라는 말이 있지만, 사람은 늘 선 자리를 바꾸면 바뀐 자기 입장에서 생각했다. 그렇다고는 해도 상대편 입장이 사라지는 건 아니다. 도로에 차만 있는 것이 아니듯이.

앞에서 말한 《스토너》는 깨달음이 있는 소설이었지만, 불편한 점이 없지는 않다. 적지 않은 독자들은 이 작품이 철저히 남성 엘리트적인 관점에서 쓰였다고 지적할 것이다. 그중에서도 의문을 가질 만한 지점은 아내 이디스에 대한 묘사이다. 스토너의 입장에서 이디스는 감정적 문제가 있고, 이기적인 욕구 충족을 위해서 남편에게조차 동정을 나눠주지 않는 여자이다. 나 또한 이런 사람을 현실에서 보아왔기에 완전히 편협한 묘사라고 생각하지는 않는다. 아마도 이러한 배우자를 만난 것이 스토너의 불행인 것도 맞을 것이다. 하지만 아내의 입장에서 생각해본다면? 어느 날 우연히 만난 낯선 남자, 그는 나를 사랑한다고 하고 아주 훌륭하진 않아도 배우자로서 적당해보인다. 그러나 그를 사랑하지 않았다. 20세기 초의 여성으로서 이디스는 다른 선택을 할 수 있었을까? 결혼이 불가피했다면, 좋은 배우자가 되겠다는 약속을 지킬 수도 있을 것이다. 하지만 그 결혼에서 외로웠던 것은 스토너 혼자만은 아니었고, 이디스 또한 다른 삶을 꿈꿨을 수도 있었으리라. 스토너가 한때 다른 여자와 다른 삶을 꿈꿨듯이 이디스에게도 묘사되지 않은 꿈이 있었을지 모른다. 그와의 결혼은 그녀에게도 불행의 요소가 되었다. 다른 상황, 다른 입장에 있었다면, 이디스가 운전석에 앉았더라면 그녀의 삶도 달라졌을지 모른다.

진 리스의 《광막한 사르가소 바다》는 이렇게 '나쁜 아내'의 입장에서 쓰인 소설이다. 패러디 소설의 클래식인 이 작품은 우리가 익히 아는 《제인 에어》를 반식민주의와 여성주의의 관점에서 재해석하여 새롭게 써내려갔다. 《제인 에어》에서 스치듯 언급되는 로체스터의 미친 아내 버사의 이야기가 1830년대의 서인도제도, 압도적인 녹색의 자연에서 영국의 회색 풍광에 걸쳐 펼쳐진다. 제인 에어에게는 손필드 저택의 평안을 위협하는 다락방의 미친 아내일 뿐인 버사는 원래 앙투아네트 코즈웨이라는 이름의 생명력 넘치는 여성이었고, 로체스터가 얻은 부도 실은 그녀의 재산이다. 남성 중심적 사회에서 자신의 유산까지도 남편에게 넘겨주어야 했던 앙투아네트는 그와의 결혼으로 자신의 본성을 억압당하고, 결국 광기로 내몰린다. 《제인 에어》 속, 고딕소설적인 공포의 유령은 식민주의자와 남성 지배자로 상징되는 로체스터에게 이름과 재산, 그리고 자유마저 빼앗긴 여성이었다. 앙투아네트 본래의 삶과 영국에서 미친 아내로 몰려 사는 삶 사이에는 넓은 사르가소해만큼의 거리가 있었다.

강렬한 에너지가 넘치는 이 소설의 기저에 깔린 것은 분노와 저항이다. 작가 본인이 도미니카 윈드워드제도의 로소 출신으로서, 크리올 여인에 대한 《제인 에어》의 묘사에 분개하였다고 한다. 《제인 에어》는 내가 어린 시절 처음으로 읽었던 '어른 책'에 속한다. 그때 나는 고아 소녀에서 책임감 있는 여성으로 자라난 제인 에어에게 나를 이입하면서 제인의 고난을 함께 했었다. 리드가의 빨간 방에서 고아로서 겪은 수모, 로우드 학교의 아동 학대에 가까운 교육, 손필드 홀에서 만난 로체스터와의 사랑과 두려움, 결혼식의 충격, 그리고 리버스 남매와의 만남, 소공녀 같은 결말인 숙부의 유산, 세인트 존의 청혼, 제인의 거절과 로체스터와의 재회. 전반부까지는 흥미로웠지만, 세인트 존을 버리고 로체스터에게로 돌아간 제인은 이해가 되지 않았다. 어렸을 때의 나는 지금보다 심각한 외모 지상주의자였기 때문에, 미남자로 묘사된 세인트 존과 그렇지 않은 로체스터 사이에서의 갈등은 성립할 수가 없었다. 또 세상에 남자가 둘만 있는 것도 아니지 않은가? 세인트 존의 청혼이 낭만과 거리가 멀고 자기중심적이기는 하지만, 그렇다고 로체스터에게로 돌아갈 일이었을까? 이제 유산을 받고 경제적으로 독립할 수 있게 된 제인 에어가 어려운 상황에 처한 로체스터를 택하는 것이 자기 선택에 기반한 삶의 결정이자 사랑의 완성이라는 개념일 수는 있겠지만, 그 감정의 대상이 미친 아내를 (그의 설명을 다 받아들인다고 해도) 다락방에 가두고 그 사실을 감춘 채로 결혼하려고 했던 사기범일 필요는 없는 것이었다.

고딕 로맨스를 성장기의 자양분으로 먹고 자란 한국의 여자 아이는 제인의 선택에 막연한 의문을 가졌지만 그것이 주류의 의견이려니 생각하며 자랐다. 20대에 웅진 출판사의 포스트모던 시리즈로 《광막한 사르가소 바다》의 존재를 알고 난 후로는 내가 느꼈던 감정의 정체를 좀 더 구체화할 수 있게 되었다. 《제인 에어》도 자발적인 여성의 결정권을 중요시한다는 면에서 여성주의적인 면모가 있지만, 대학생이 되면서 다시 발견한 나의 문화적이고 사회적인 입장에서는 식민지의 여성으로 살아가다가 죽은 앙투아네트 코즈웨이의 상황에 일치하기가 쉬웠고 진 리스의 분노에 함께 동감할 수 있었다. 이것은 어떤 식의 관점 변화이다.

살다 보면 관점 변화를 겪을 때가 잦다. 자신의 삶을 굳건히 지키는 것처럼 보였던 원칙들은 입장이 바뀌면 달라진다. 그것 자체가 반드시 변절을 뜻하는 건 아니다. 새로운 관점을 얻게 되는 일일 수도 있고, 다양한 관점이 있다는 걸 체화하는 경험일 수도 있다. 높은 버스를 타고 다니거나 걸어다니던 내가 본 것과 직접 운전대를 잡으면서 보게 된 풍경이 달랐던 것처럼.

하지만 또 하나 깨달은 것도 있다. 사람은 자기가 처한 눈높이에 따라 세상을 보기 마련이지만, 다른 눈높이도 있다는 걸 기억해야 한다고. 운전하는 내가 되었다고 해서, 행인이었던 내가 완전히 사라지지는 않았다. 운전하지 않을 때의 나는 다시 도보 여행자가 되어 양보하지 않는 차를 욕하고, 위협적으로 다가오는 차들에 분개한다. 차와 사람이 부딪치기라도 한다면, 더 위험한 쪽은 사람이다. 물리적으로 더 약하기 때문이다. 아무리 운전자의 입장이 되었어도 걷는 사람의 관점을 생각하지 않을 수 없듯이, 더 위협적인 입장에 있는 사람이 다칠 수도 있는 사람을 생각해야 한다. 《광막한 사르가소 바다》가 그런 소설이었다. 빼앗긴, 갇힌, 광기로 몰린 여자를 생각하는 소설. 내가 보는 풍경이 아름답고 환하다고 해도, 다른 사람에게는 회색으로 보일 수도 있다. 늘 연약한 곳에서 풍경을 바라보지 않으면, 내가 다른 사람에게는 위협이 될 수도 있다. 그걸 기억하지 않으면 운전은 할 수가 없다. 나의 길을 똑바로 갈 수가 없다.

* 진 리스, 《광막한 사르가소 바다》, 윤정길 옮김, 펭귄클래식코리아, 2008

* 샬럿 브론테, 《제인 에어》, 류경희 옮김, 펭귄클래식코리아, 2010

* 존 윌리엄스, 《스토너》, 김승욱 옮김, 알에이치코리아, 2015

옆자리

내 옆에 있는 사람은 누구일까?

운전하기 전에는 차를 사면 하고 싶은 일에 대해 많이 생각했었다. 일종의 초보 운전자의 로망 같은 망상들이 내게도 많았다. 한밤에 강변도로를 달려야지. ……옆에서 달리는 차들이 무서워서, 한낮 강변도로도 한참이 지나고서야 갈 수 있었다. 교외 드라이브를 해야지. ……딱히 갈 만한 곳이 생각나지 않았다. 드라이브 인 극장에 가봐야지. ……내 평생 갈 일이 있을까?

그중에서 가장 소박한 로망은 누군가를 태워주고 싶다는 것이었다. “오빠 차 뽑았다, 널 데리러 가”와 같은 남성 중심 문화의 욕망이라기보다는 오히려 반대가 아닐까 싶다. 차 없이는 마트조차 갈 수 없는 동네에 살 때 다른 사람들의 차를 너무 많이 얻어 탔기 때문이었다. 나를 기꺼이 태워주는 사람들이 고마웠다. 그렇지만 그들의 자비에 나를 맡겨야 한다는 것이 갑갑했다. 내가 받은 호의를 남에게 베풀고, 그들이 이 라이드에 부담을 느껴도 되지 않을 정도로 내가 그 행위를 즐기고 싶었다.

운전하는 사람은 나니까, 누군가를 모시는 게 아니라면 조수석에 태워야 한다. 그리고 그 사람이 가고 싶은 데까지 데려다준다. 일단, 이 간단한 일이 초보 운전자에게는 의외로 쉽지가 않았다. 주차장이 있는 집에 데려다주는 게 아니라면, 가던 길 어디에 서야 하는데, 초보에게 정차는 진땀 빼는 일인 것이다. 차를 연석에 제대로 붙이는 것도 어렵고, 뒤차의 눈치를 보면서 서 있는 것도 힘들었다. 무엇보다도 초보 운전자는 어디까지 데려다줘야 할지도 눈치 보게 된다. 지하철역까지만 데려다주면 너무 매몰찬 게 아닐까? 집 앞까지는 데려다주는 게 좋지 않을까? 하지만 거기까지 내가 갈 수 있을까? 한편 조수석에 앉은 사람은 초보의 운전을 보면서 걱정에 빠진다. 너무 옆차에 가까이 붙는 거 아닌가? 제대로 가고 있는 건 맞을까? 아아, 앞차와 부딪치는 거 아냐? 잠깐, 너무 급정거야! 서로 다른 생각이 오고 가는 차 안이다.

그러기에 옆자리에 앉은 사람의 성격은 초보 운전자에게 너무도 중요하다. 운전에 몰두해도 부족할 판에 옆자리에 사람이 타고 있다면, 아무래도 신경이 그쪽으로 나누어질 수밖에 없다. 대화를 나누기도 어렵지만, 아무 말 없을 때의 불편함도 참기 힘들다. 편안한지 계속 신경 써야만 한다. 조수석의 사람이 협조적이면 비교적 쾌적하다. 내비게이션을 봐준다거나 음악을 틀어준다거나 옆 차와의 간격이나 신호를 미리 말해준다거나. 그렇다고 사사건건 간섭하거나 비판하는 사람은 부담스

렵다. 가장 무서운 건 옆에서 나보다 더 불안해하는 사람이다. 호의로 시작된 드라이브는 곧잘 모두에게 공포스러운 드라이브가 되곤 했다.

조수석의 사람과의 관계, 이건 결국 일정 이상의 여행을 함께 하는 동반자와의 관계이다. 내 옆에 앉은 사람. 물론 내가 운전을 할 때조차도, 우리의 행로가 어떤 식으로 기억될 것인가를 결정하는 사람은 바로 그이다. 그 사람의 행동에 따라서 우리의 길은 안전하기도, 위험하기도 하고, 재미있기도, 지루하기도 하다. 내릴 때까지는 같이 타고 가야 하니까, 옆에 누구를 태울 것인지, 그와 어디까지 갈 것인지는 운전에서 무척 중요한 요소가 된다. 혹은 누군가의 조수석에 앉을지 말지는 한 사람의 삶을 결정하는 중요한 요소가 된다.

차 안에 여러 사람이 있다면 오히려 상관없다. 하지만 차 안의 운전석과 조수석 오직 두 사람이 타고 가야한다면, 그 사람이 어떤 사람이면 좋을까? 좋은 파트너를 골랐더라면 좋았겠지만, 가끔 우리는 아주 나쁜 선택을 해버리고 여행 내내 괴로워한다. 심지어 끝내 어떤 지점에 다다르기 전에는 내릴 수도 없다.

내게는 《오직 두 사람》이 그런 이야기처럼 여겨졌다. 가끔 책을 읽다 보면 유난히 가깝고도 이질적으로 느껴지는 작품을 만난다. 이 소설이 내게는 그러했다. 소설의 화자인 여자는 나와 이름이 같고 어떤 면에서는 인생의 경로도 비슷했다. 하지만 그 사람의 가정환경과 기질이 너무 달라서 마치 대체 우주에 사는 나의 다른 모습같이 여겨졌다. 그 사람의 선택은 나라면 하지 않을 것이었지만, 할 수도 있었던 것이라는 생각을 하게 된다.

이 소설에 등장하는《오직 두 사람》의 관계는 아버지와 딸이다. 권위적이면서도 제멋대로인 대학교수 아버지의 특별한 사랑을 받았던 현주는 그의 바람대로 대학에, 대학원에 진학하지만 기대했던 성취는 이루지 못하였다. 인생의 크고 작은 대부분의 일들을 아버지의 뜻에 맞추어 결정해왔다. 다른 식구들, 오빠, 엄마, 여동생은 이미 아버지의 그늘에서 벗어나 자신의 삶을 살고 있다. 그러나 현주만은 아버지에게서 벗어나고 싶어 하면서도 그의 곁으로 돌아온다. 그녀의 삶에는 아빠와 관련된 일밖에 남지 않았다.

자기 파괴적인 연대와 파트너십에 대한 소설이다. 이 이야기는 사멸되는 언어를 사용하는 사람들에 대한 상상으로 시작한다. 중앙아시아의 어떤 희귀 언어를 사용하는 집단이 뉴욕에 이주한다. 처음에는 그들끼리 소통하지만, 다음 세대는 점점 미국 사회에 적응해 모국어를 사용하는 사람들이 줄어든다. 최후에는 두 사람만이 남는다. 그러나 두 사람이 다퉈서 말을 하지 않게 된다면? 그러면 두 사람은 이야기를 나눌 상대가 사라지고 각자의 독방에 갇히게 된다. 이게 이 소설의 주인공인 현주와 그의 아버지의 관계가 되어버린다. 이제 생의 마지막 단계에 놓인 아버지와 그렇게 될 때까지 그의 곁을 떠날 수 없는 여자. 오직 두 사람.

부모는 선택할 수 없었지만, 여행의 동반자로서 아버지의 곁에 남은 것은 딸의 선택이었다. 물론 옆자리는 내 마음대로 결정되는 것만은 아니리라. 처음에는 내가 가는 길을 일러주는 좋은 동반자였지만, 어느덧 그는 방해가 되는 존재, 성가시고 무력한 동반자가 되어버렸다. 삶에 밝은 빛을 던져주지는 않지만, 떨쳐버릴 수 없는 익숙한 존재가 되었다. 그래서 내리게 하지는 못했다.

운전에서는 물론 운전자가 중요하지만, 옆자리에 앉은 사람도 그만큼 중요하다. 우리는 좋은 동반자를 바란다. 밝은 눈으로 표지판도 잘 읽고, 나의 집중을 흐트러뜨리지도 않고, 좌석도 스스로 편안하게 맞추어 신경 쓰이게 하지도 않고, 좋은 음악을 골라주어 유쾌하게 하는 사람. 그리고 내가 지쳐서 쓰러지면 운전대를 대신 잡아줄 능력이 있는 사람. 하지만 인생에서 그런 사람을 찾는 건 쉽지 않다. 유독한 관계여도 차는 계속 달린다. 운전석과 조수석에 앉아서 서로에게서 벗어날 수 없는데도 말을 건네지 못하고, 자신만의 고독에 갇혀 있게 되는 일도 생긴다.

남이 운전하는 차에 탄 것도 아니었는데, 누군가와 같이 간다는 것만도 그렇게 어려웠다. 우리는 같이 있되 영원한 고독에 빠질 수도 있다. 내릴 때 제대로 내려주지 못하면 불편하게 한동안 더 가기도 해야 했다. 이상적인 파트너가 아닌 걸 알았지만, 계속 함께 가야만 했다. 홀로 가는 길이 무서워서, 누군가를 계속 태우고 가고 싶기도 했다. 옆자리에 탄 사람이 나의 운전을 도와주기를 바랐다. 이웃의 잔디가 더 푸른 것처럼 다른 차의 운전석과 조수석은 평화롭고 따뜻해보였다.

이전에 '실연'을 주제로 책을 쓰려고 한 적이 있었다. 실연은 살면서 누구나 한두 번, 혹은 그 이상 겪으니까. 그 책은 결국 세상에 나오지 못했는데, 결말에 대한 편집자와 나의 의견이 다른 것이 이유 중 하나였다. 편집자는 모든 실연 책이 그러하듯이 결국에는 새로운 사람을 만나는 희망찬 결말이 되어야 한다고 했다. 상업적인 측면에서는 백번 옳은 의견이다. 하지만 내가 믿지 않는 걸 쓸 순 없었다. 누군가를 만날 준비가 되었다, 라는 얘기를 할 수는 있지만, 인간은 혼자 갈 각오를 해야 한다는 것이 실연의 끝에 대한 나의 결론이었다. 여행 도중에 옆자리의 사람이 내렸을 때, 다시 다른 사람을 태워야만 하는 것은 아니었다.

\\\

목적지까지 같이 갈 수 있다면 좋았을 것이다. 언제까지나 같이 갈 수 있는 사람이 있었더라면 좋았을 것이다. 그러나 갈 수 있는 데까지만 함께 가야만 하는 사이가 있다. 가족이라도, 애인이라도, 친구라도 목적지가 같지 않다면, 서로를 더욱 힘들게 한다면 정차가 까다롭고 힘들다 해도 내려줘야 한다. 가야만 하는 먼 길이 힘들어 보여서 내가 돌아서라도 데려다주고 싶은 사람도 있었지만, 항상 그렇게 할 수는 없었다. 오직 두 사람에서 한 사람이 될지라도. 그리고 잠깐 내려주는 정차는 초보일 때는 힘들지만, 몇 번 해보면 어렵지 않다. 내 갈 길이 바쁘다면 태연히 중간에 내려줄 수도 있게 된다.

* 김영하, 《오직 두 사람》, 문학동네, 2017

주차

이 세상에서 자기 자리를 찾는다는 것

영어로 자동차를 가리키는 '오토모빌(automobile)'이란 표현이 있다. 운전을 하고부터는 이 말이 근본적으로 모순임을 깨달았다. '오토'는 스스로(self)라는 뜻이고 '모빌'은 움직인다는 뜻이라서 자동차를 의미하는 것 같지만, 실제로는 어떤 자동차도 스스로 움직이지 않는다. 적어도 완전한 자율 주행 자동차가 나오기 전에는 운전자가 있어야만 한다. 그리고 무엇보다 자동차는 이동하지 않을 때에는 가만히 있는다. 달리는 차들을 바라보기만 하던 보행자였을 때는 이 동어반복적 당위를 깨닫지 못했다. 심지어 차는 움직이는 시간보다 가만히 있는 시간이 더 많고, 그렇기에 운전자에게는 항상 주차할 공간이 필요하다.

공간의 문제 또한 운전자가 맞닥뜨리는 또 하나의 역설이다. 자동차를 사면 나만의 공간이 생긴다는 이점이 있다. 추가된 하나의 독립적 공간을 누릴 수 있는 것이다. 하지만 우주의 공간은 제로섬이 아닐까? 즉, 하나 늘어나면 하나 줄어들면서 균형을 맞추는 게 아닌가. 무언가 내가 들어갈 공간이 생긴 만큼 그 무엇을 놓아야 할 공간이 절실해지는 것이다.

주차의 기술을 논하기 전에, 이 공간의 필요를 먼저 생각해야 한다. 그나마 다행스럽게도 초보 운전자 시절의 나는 개인의 주차 공간이 확보된 다세대 건물에 살았다. 아래층은 회사나 병원이었기에, 낮에는 붐볐지만 밤에는 여유가 있었다. 그렇게 누군가를 제치지 않고서도 차를 보관할 수 있었다. 하지만 지금의 내가 사는 도시 서울에서는 그렇게 간단한 문제가 아니었다. 차를 운전한다는 건 차가 멈출 때를 늘 고려해야 한다는 뜻이다. 어디론가 이동할 때면 내 차가 놓일 자리가 있는지를 미리 계산해야만 했다.

모든 차가 자기 자리를 찾아 들어가는 이상의 주차장. 그 어디에서도 찾을 수 없는 이 장소를 상상할 때마다 힐베르트의 무한 호텔을 떠올리고는 한다. 페터 회의 소설 《스밀라의 눈에 대한 감각》에 나오는 바로 그 비유이다(이를 그랜드 부다페스트 호텔 풍의 애니메이션과 함께 설명한 TED 강연 영상이 유튜브에 있다 https://youtu.be/Uj3_KqkI9Zo). 무한개의 방이 있는 호텔이 있고, 늘 만원이다. 모든 방에 손님이 있다. 그런데 한 손님이 도착한다. 야간 근무 매니저는 손님을 돌려보낼 수 없어서 모든 손님을 하나씩 옆방으로 옮기고 새 손님에게 1호실을 준다. 40명을 실은 관광버스가 와도 40호실씩 밀려서 이동하면 된다. N호실에 있는 손님은 N+40호로 가면 된다. 스밀라는 이 비유의 아름다움이 한 사람의 방을 마련해주기 위해 모두가 기꺼이 이동을 하는 데 있다고 했다. 무척 평화롭지만 성취하기 어려운 광경이다. 실제 세계에서는 나를 위해 그렇게 다들 자리를 내어주지 않기 때문이다.

단순히 차의 문제만은 아닐 것이다. 우리의 평생은 내 자리를 찾기 위한 순례와 같다. 돈, 명예를 비롯해 인간의 삶에서 중요하게 여겨지는 것들은 차와 집 같은 물리적 공간을 얻어내는 수단이기도 하지만, 사회에서 내가 있을 적절한 자리를 찾아낸다는 의미이기도 하다. 애정, 호의는 말할 것도 없다. 여기 이 자리에 당신이 있어도 된다는 환대를 뜻하는 모든 것들, 우리는 늘 그것을 찾아서 헤매고, 그를 얻지 못한다면 댈 자리 없는 주차장에서처럼 비참하고 괴롭다. 무엇보다 끝없이 빙글빙글 돌아야만 한다.

이제 내가 돌아갈 장소가 없다는 공허함, 《색채가 없는 다자키 쓰쿠루와 그가 순례를 떠난 해》는 여기서 시작한다. 이 소설은 무라카미 하루키의 최고작이라고 하기는 어렵고, 남성 주인공의 시각에서 진행되므로 내가 공감할 수 없거나 동의하지 않는 면도 있다. 그러나 다자키 쓰쿠루가 마음속에 지닌 상처만은 내 것처럼 여겨졌다. 완전하고 조화롭다고 생각된 공간에서 쫓겨난 쓰쿠루의 슬픔을 겪어본 적은 없지만 그 두려움은 내게도 있기 때문이다.

다자키 쓰쿠루는 서른여섯 살의 남자이다. 그는 역을 만드는 일을 하며 고독하지만 외롭지는 않은 삶을 살고 있다. 어느 날 그는 여자 친구라고 할 수 있는 사라와 이야기를 하던 중에 이전 경험을 되살린다. 대학교 2학년 여름, 그 후로 1년 동안 죽음을 생각하게 했던 사건이 있었다. 고등학교 때부터 친하게 지내오던 네 명의 친구들에게서 절교를 당한 것이다. 빨강의 아카, 파랑의 아오, 하양의 시로, 검정의 구로라는 별명의 친구들은 각각의 이름만큼이나 생생한 색을 지녔지만, 쓰쿠루 본인은 스스로 아무런 색채가 없는 사람이라고 생각한다. 또한 모두 고향 나고야에 남았지만 쓰쿠루만 도쿄에 있는 대학에 진학한다. 그렇다 해도 우정은 오래 지속될 줄 알았는데, 대학 2학년 여름방학 때 영문도 모른 채 안온한 공동체에서 쫓겨나고 말았다. 그 후로 15년이 흘렀다. 사라는 쓰쿠루의 마음에 있는 상처를 치유하려면 그 일의 진실을 알아야 한다고 말한다. 사람은 기억을 어딘가에 숨기거나 마음속에 묻어둘 수는 있지만, 거기서 생겨난 기억의 역사까지도 완전히 지워버릴 수는 없다고.

세상에 나의 자리가 없다. 이걸 깨달을 때가 삶에서 가장 쓸쓸한 순간이 아닐지. 심지어 모두가 자기 자리를 찾아 들어간 것처럼 보인다면 더욱 쓸쓸하다. 그 느낌은 사람의 마음에 커다란 구멍을 남기고, 그 위에 무엇을 부어도 쉬 메워지지 않는다. 내 자리가 어딘지를 찾기 위해 길을 떠나야 한다.

이 소설을 쉽게 무시해버릴 수 없는 한 대목이 있다. 친구들을 찾아가 자기를 내쫓은 이유를 알아내기로 한 쓰쿠루는 사라에게서 현재 친구들이 사는 곳에 대한 정보를 받는다. 사라와 헤어지고 돌아서는 길, 쓰쿠루는 갑자기 어디로 가야 할지 방향을 찾지 못한다. 그는 늘 좋아하던 역으로 가서 기차를 타는 수많은 사람들을 바라본다.

그는 이 세상에 사람이 이렇게나 많다는 사실에 갑작스러운 감동을 느끼고 만다. 그리고 "녹색 철도 차량"이 이 세상에 이렇게 많이 있고, 그것이 시스템을 갖추고 사람들을 실어 나른다는 사실에도 찡한 감정을 느낀다. 쓰쿠루에게는 모두 다 각자의 자리에 올라타 자연스럽게, 아무런 말썽도 없이 자기가 가고 싶은 곳까지 갈 수 있다는 사실이 기적처럼 느껴진다. 사람들에게는 모두 자기가 가야 할 목적지가 있었고, 자기가 머물 수 있는 자리가 있다는 것이 쓰쿠루에게는 새삼 대단한 일로 보인다.

이 부분을 읽었을 때 나는 기묘하게도 무라카미 하루키의 초기작 《노르웨이의 숲》의 마지막 장면을 떠올렸다. 자기가 어디 있는지 알 수 없는 와타나베가 미도리에게 전화를 하는 대목. 하지만 당시에는 그 결말에 걱정도 불안도 느끼지 않았다. 남의 도움을 받든, 자기 힘으로든, 가야 할 곳으로 돌아가리라 믿었기 때문이었다. 우리 모두에게 각자의 자리가 있다면 말이다. 20년이 지난 후 다자키 쓰쿠루의 이야기에 공감한 점은 이것이다. 우리는 여전히 내가 어디 있는지 잘 모르지만, 나의 자리를 찾아 떠난다.

주차장에서 내가 느끼는 불안과 안도감도 규모는 작았지만 이와 비슷했다. 붐비는 주차장에 들어설 때마다 내가 자리를 제대로 찾을 수 없을까 봐 마음이 불안했다. 통로에 임시로 세워야 할 때에는 괴로웠고, 실제로 내 차는 중립 기어에서는 차 열쇠를 뺄 수 없기 때문에 가능하지도 않았다. 어울리지 않게 요금이 비싼 주차장에 대면 빨리 차를 빼야 한다는 생각에 초조했다. 내 자리가 없을 것 같은 곳에는 갈 수가 없었다. 그 상황이 내가 어디 있어야 할지 모른다는 내 삶에 대한 은유처럼 느껴졌다.

결혼을 하고 싶다거나 안정된 직장을 갖고 싶다는 욕망의 이면에는 그 누구도 쫓아내지 않는 나만의 자리에 대한 갈망이 있으리라. 한편, 삶에는 그렇게 영원히 약속된 자리는 없다는 슬픈 예감도 있으리라. 그럼에도 불구하고 우리는 지구 한 바퀴를 돌아서라도 아무도 무어라 할 수 없는 내 자리를 찾고 싶다. 친구, 가족, 동호회, 동료…… 어떤 형태든 상관이 없었다.

누군가에게 허락을 구하지 않아도, 남을 밀어내지 않아도 되는 자리를 나는 바랐다. 나는 영원히 찾아 헤맬지라도, 적어도 내 자동차만이라도 그런 자리가 있기를 바랐다.

그리하여 밤에 차에서 내려, 모든 차들이 각자 한 자리씩 차지하고 질서 정연하게 늘어선 주차장을 볼 때면 나는 힐베르트 무한 호텔의 야간 지배인처럼 마음의 평화를 느끼곤 했다. 우리의 차들은 밤새 방해받지 않고 머물 자리가 있음에 평온함이 밀려왔다. 그럴 때 자동차들은 마치 상자를 차지한 고양이들처럼 무척 느긋하고 흡족해 보였다.

* 무라카미 하루키, 《색채가 없는 다자키 쓰쿠루와 순례의 해》, 양억관 옮김, 민음사, 2013

* 페터 회, 《스밀라의 눈에 대한 감각》, 박현주 옮김, 마음산책, 2005

* 무라카미 하루키, 《노르웨이의 숲》, 양억관 옮김, 민음사, 2017

안전거리

그리워도 가깝지 않게

운전 학원에 다닐 때 귀에 못이 박히게 들었던 말 중의 하나는 앞차와 안전거리를 유지하라는 것이었다. 앞차가 갑자기 급정거라도 한다면? 내가 자칫 실수라도 한다면? 도로 연수 중 오십 대쯤 된 남자 선생님은 무심하게 앉아 이제껏 수강생들에게 수없이 반복했을 말을 께느른하게 했다.

"앞차의 뒷바퀴가 살짝 보일 정도까지만 다가가는 거예요."

실용적인 충고였다. 다만 서울의 도로에서는 실현하기 어렵다는 것만 빼고는. 운전을 일상적으로 하게 되었을 때, 동승자들은 내게 다그치듯 말하곤 했다. "왜 앞차에 가깝게 달라붙지 않아?"

나는 침착하게 대답했다. "안전하게 가려는 거야. 너무 붙어서 가면 안 돼."

그러면 그들은 혀를 차며 말했다. "너만 안전거리를 지키는 게 무슨 소용이 있어? 옆 차가 다 끼어드는데!"

이 말은 사실이었다. 나는 늘 어떻게 해도 안전거리를 쉽게 유지하지 못했다. 붐비는 도로에서는 앞차와 거리를 벌리는 족족 다른 차가 잽싸게 끼어들어 왔다. 앞차와 충분히 거리를 두고 달리도록 내버려두지 않았다. 그러니 안전거리가 무슨 소용이 있을까?

이것이 도시의 삶이다. 그것도 서울 같은 거대 도시, 한두 다리만 건너면 모두가 연결되는 대한민국에서의 삶. 누구와도 충분히 거리를 둘 수 없다. 가까워지는 것은 위험하다. 적당한 거리감은 문명 안에서 제일 확보하기 어려운 것이 아닐까? 그렇다고 너무 거리를 벌릴 수도 없다. 모두가 달리고 있는데, 뒤로 계속 떨어져서 달리는 것도 위험하니까. 어차피 내게 충분한 만큼의 거리를 주지도 않겠지만.

이전에 남자 연예인이 나온 치약 광고가 있었다. 그가 서 있으면 개그우먼이 점점 다가온다. 3m- 격식 있는 거리, 1m- 일상 대화의 거리, 그리고 점점 다가와 그에게 얼굴을 들이밀고 46cm- 숨결이 닿는 친밀한 거리. 개그우먼이 얼굴에 김을 훅 내뿜자, 이 남자 연예인은 곤란한 표정으로 치약을 들이민다. 이 치약의 이름이 바로 '46cm', 미국의 문화인류학자 에드워드 홀이 제안한 사람들 사이의 사회적 공간의 개념, 근접학(proxemics)에서 유래한 것이다.

다소 미국적인 개념이기는 해도, 에드워드 홀은 연설이나 강연을 들을 수 있는 공적인 거리를 7.6m~3.6m로 정의했고, 아는 사람들끼리 대화 정도를 할 수 있는 사회적 거리가

3.6m~1.2m 정도, 그리고 1.2m~46cm까지가 친구나 가족 등 친밀한 사이가 접근할 수 있는 개인적 거리, 그리고 그 이하는 숨결이 닿는 친밀한 거리가 된다. 보통은 애인 정도가 되어야 46cm 안에 들어올 수가 있다.

이런 구체적 숫자가 중요한 건 아니다. 어차피 문화에 따라 친밀함의 거리는 달라질 수 있다. 여기서 중요한 건 모두가 타인과 어느 정도 거리를 요구한다는 것이다. 가깝게만 붙어서는 안전하게 살 수 없다. 그리고 사람마다 편안해지는, 안전해지는 거리는 다 다르다.

델리아 오언스의 《가재가 노래하는 곳》은 다른 사람들과는 절대로 가까워질 수 없었던 한 여성의 이야기를 그린다. 칼라하리 사자와 갈색하이에나, 멸종 위기의 동물들을 수십 년 동안 연구했던 70대의 동물행동학자가 낸 첫 번째 소설인 《가재가 노래하는 곳》은 출간 직후 서서히 화제를 모으면서 베스트셀러의 반열에 올랐다. 영화화도 결정되었다.

바깥 이야기가 더 흥미로운 베스트셀러들과는 달리, 《가재가 노래하는 곳》에 담긴 이야기는 작품의 배경인 노스캐롤라이나의 바다를 면한 습지만큼이나 깊고 반짝인다. 소설은 크게 소녀의 성장 서사와 살인 미스터리의 두 경로로 나뉘어 진행된다. 소설의 한 흐름은 1952년부터 1969년에 이르기까지 습지에 사는 '마시 걸' 카야의 삶을 그린다. 여섯 살 때 어머니가 떠나고 그 후에 차차 가족을 잃고 혼자 남게 된 카야는 자연이 준

선물로 삶을 이어간다. 사회에서 거절당하고 혼자 살아가는 카야에게 외부와의 접촉이란 생필품을 제공해주는 잡화점 주인 점핑과 그의 아내 메이블, 그리고 글을 가르쳐주고 습지의 아름다움에 대한 열정을 공유하는 동네 소년 테이트뿐이다. 소설의 또 다른 길은 1969년의 시점에서 마을에서 사랑받는 청년 체이스 앤드루스의 사망 사건을 조사한다. 소방망루에서 떨어진 체이스의 죽음은 과연 살인일까? 수수께끼에 익숙한 독자들은 이 사건이 카야의 삶과 어떻게든 얽힐 것을 예상할 것이다. 그리고 마침내 접점이 생겼을 때 소설은 다시 법정 스릴러로 변모한다.

개성 있는 인물, 자연의 서정이 담긴 시적 언어, 동물 집단인 인간 사회에 대한 깊은 성찰, 긴장감을 주는 서사 구성까지 갖춘 《가재가 노래하는 곳》은 성실하고 힘 있는 소설이다. 오랫동안 동물의 무리를 연구해온 작가는 이 소설을 통해 고립된 인간의 삶을 그리고 싶었다고 인터뷰에서 밝혔다. 실로 이 생각은 카야의 오빠 조디의 말에서 분명히 드러난다. "사실, 사랑이라는 게 잘 안 될 때가 더 많아. 하지만 실패한 사랑도 타인과 이어주지. 결국은 우리에게 남는 것 그뿐이야. 타인과의 연결 말이야."(300쪽) 조디는 사랑이라는 건 잦은 실패를 동반한다고 말한다. 그러나 사랑이 실패하더라도 그것만으로도 타인과 연결될 수 있다고. 그래서 결국에는 갖게 되는 건 연결뿐이라고.

\\\

무리에서 떨어진 카야는 늘 누군가와 연결되길 바랐다. 그러나 거절당해도 인간은 생명을 생존해나갈 수 있다. 그게 《가재가 노래하는 곳》의 의미이다. 각 동물은 자기답게 살아갈 수 있는 자리가 따로 있다. 사람들은 누구나 동물처럼 그곳을 찾기를 원한다.

이 소설의 내면과 외면은 어찌 보면 역설적이라고 생각했다. 사람들과 어울려 살고 싶지 않았던 소녀의 이야기를 너무나 많은 사람들이 사랑한다는 것의 역설. 아마 카야가 실존 인물이었다면, 이런 관심에 기뻐하지 않았으리라는 것도 또 다른 역설이다. 혼자만의 장소를 찾는 사람에 대한 동감은 보편적으로 공유된다. 사람은, 동물은 무리 지어 살기를 바라지만, 한편으로는 멀리 떨어지고 싶은 마음이 있다.

마음속 안전거리는 운전의 안전거리보다도 가늠하기가 어려웠다. 46Cm를 지킨다고, 그보다 더 멀어진다고 안전해지는 것이 아니었다. '앞 창문 너머로 뒷바퀴가 보일 만큼' 이라는 공식도 없고, 옆에 오는 차들을 지켜볼 수 있는 사이드미러도 없었다. 테이트처럼 호의를 가지고 가까이 온 사람이라고 해도 언제든 멀어질 수가 있다. 체이스처럼 선을 넘어 다가온 사람은 그 진심을 의심할 수밖에 없다. 멀리 있을 땐 안전했던 상대가 그 관계의 정의를 넘어 지나치게 가까워지면 위협이 되기 마련이다.

이런 경험은 누구에게나 있다. 나 또한 충분히 가깝다고 생각했는데, 어느 순간 상대가 뒤로 물러서서 당황한 적이 있었다. 카카오톡 메시지를 자주 보내고, 문자를 주고받았는데, 그 쪽은 어느 순간 나를 귀찮아했던 거구나, 실감하는 일이 있었다. 미리 눈치를 충분히 주었으면, 상처를 받기 전에 거리를 벌렸으면 좋았을 텐데 생각하기도 했다. 하지만 상대 쪽에서는 반대로 느꼈을 것이었다. 눈치를 충분히 주어도 알아채지 못하고 가까이 왔다고 생각할 수도 있었다. 나만 하더라도 거리를 두고 있었는데, 누군가 깜빡이도 없이 끼어들어 바짝 붙어서 불편해진 적도 있었으니까. 영화 〈기생충〉의 유명한 대사 같은 이야기였다. 안전거리를 지키지 못하면 선을 넘는다. 선을 넘으면 관계가 붕괴한다. 그러나 기회만 있다면 또 가까워지고 싶어 하고, 바로 따라 붙고 싶어 하고, 그렇게 자신을 위험에 빠뜨리고 마는 것이 우리가 늘 하는 실수였다. 모든 접촉 사고는 거기서 빚어진다.

우리가 아무리 노력해도 타인을 필요로 한다는 것, 그래서 어느 시점에 나 자신이 고독함을 느낀다는 건 부인할 수 없다. 아무도 필요 없다면 혼자인 상태를 인식하지 않았을 테니까. 습지에서 태어나고 자란 카야조차도 완전한 고독에서 벗어나 타인에게 연결하고 싶을 때가 있었다. 그러나 그것이 늘 누군가와 가까이 있고 싶다는 뜻은 아니다. 너무 가까이 가면 상처받는다. 자기가 자유롭게 나아가기 위해서는 일정한 거리가 필요하다. 어떤 사람들은 카야처럼 자기 자신으로 살아가기 위해서, '가재가 노래하는 곳'을 찾기 위해서 더 넓은 거리가 필요하다. 내 차의 크기와 속도, 도로 상태를 알아야 안전거리를 정할 수 있듯이 나 자신이 편안해지는 안전거리는 나만이 알 수 있기도 했다. 나는 안전거리가 긴 편이 마음 편하다. 가끔 다른 차가 끼어들어 와서 화가 날 때가 있지만 내가 멀어지는 편을 또 택한다. 다른 사람이 그걸 뒤처진다거나 느리다고 말해도, 내게는 그만큼이 꼭 필요했다.

차 사이에서는 뒷바퀴 타이어가 보일 수 있는 거리, 신체 사이에서는 숨결이 느껴지지 않는 46cm. 수없이 많은 사람과 스치듯 살아가며 최소한으로 지켜야 할 거리가 있다. 마음에도 그런 거리가 있다. 어떤 날은 가까워지고, 어떤 날은 멀어진다. 어떤 날은 더욱더 멀어져 습지로 들어가고 싶을 때가 있다. 나는 아마 어찌해도 카야처럼 살 수 없을 것이다. 이 도시에서 다닥다닥 붙어 이동하는 차처럼 살아갈 것이다. 이렇게 안전거리 없이 위험하게 붙어살기에 도리어 가재가 노래하는 곳으로 돌아간 카야처럼 모든 이에게서 멀어져서 살 수 있다는 결말을 받아들일 수 있었다. 어떤 사람들에게는 거리가 안전했고, 고독이 완전했다.

* 델리아 오언스, 《가재가 노래하는 곳》, 김선형 옮김, 살림, 2019

2
직접적 은유로서의 운전

날씨

삶을 좌우하는 절대성과 인간의 노력

운전을 할 수 있다는 말과 운전을 한다는 말은 다르다. 운전을 할 수 있다는 건 면허를 따고 (사정에 따라 연수를 받은 후) 가끔 차를 몰고 도로에 나가는 행위를 내포하고 있다. 즉, 할 수 있다는 말은 언제나 잠재와 가능성, 불확실성을 내포한 추측과 연결되는 것이다. 하지만 어떤 사람이 자기가 "운전을 한다"라고 말한다면, 그는 운전을 일상 활동의 범주 안에서 습관적으로 하고 있다는 뜻이다. 해왔으며, 하고 있고, 앞으로도 할 것임을 의심하지 않는 상태.

면허를 따고, 연수를 받고, 직진을 시작한 이후의 나는 아직 '운전을 한다'라고 자신 있게 말할 수 있는 상태에 이르지는 못했다. 나의 운전은 주차의 용이성, 시간대, 길의 상황에 너무도 무력하게 좌우되었다. 무엇보다 가장 큰 결정 요인은 날씨였다. 비가 오는 날에는 운전이 위험하다는 건 모두 아는 상식! 안전 운전은 초보 운전자가 지켜야 할 가장 중요한 수칙이다! 수막현상이라는 말 정도는 운전자라면 누구나 들어봤겠지. 마르고 평탄한 길도 자신 없는데, 비 오는 날의 미끄러운 도로라면 말할 것도 없다. 그리하여 지하 주차장에서 나갈 때 앞 유리에 빗방울이 떨어지면 나는 망설임 없이 차를 돌려 세운 뒤 대중교통이나 택시를 탔다.

비가 오는 날에는 운전을 하지 않는다는 단순한 원칙은 얼마 되지 않아 회의에 빠졌다. 오랜만에 만난 지인과 얘기를 나누던 중, 그가 물었다. "운전 잘하고 다녀요?" 그때는 만나는 많은 사람들이 이런 질문을 했으므로 나는 대답에도 어느 정도 익숙해져 있었다. "네, 그럭저럭. 하지만 오늘은 비가 와서 가져오지 않았어요." 그는 숙련자들이 초보에게 갖는 동정과 걱정, 권위를 내비치며 말했다. "원래 운전은 비 오는 날을 위한 거예요. 그게 운전의 정수죠."

운전은 이 문에서 저 문으로의 이동, 도보 거리를 최소로 줄이고 싶은 사람을 위한 행위이다. 비가 오는 날이면 옷이 젖을 염려도 없고, 먼 거리를 좀 더 수월하게 갈 수 있다. 그는 심지어 이런 말까지 덧붙였다. "그래서 비가 오는 날 차가 더 막히는 거죠."

초보 운전자는 비 오는 날의 교통체증은 단지 모든 이들이 차를 더 조심스럽게 운전하기 때문이라고 순진하게 믿었건만! 그때야 나는 운전자들의 역설을 하나 더 발견하였다. 비는 운전에 위험하다. 하지만 운전은 비 오는 날의 편리를 위한 것이다. 이 말은 문명의 본연적 성격과 연결된다. 그도 그럴 것이, 자동차는 자연환경을 극복하려는 인간의 노력이 만들어낸 역사적 발명품 아닌가? 하지만 그만큼 날씨에 좌우되기도 한다. 문화의 인간이여, 어떤 날씨에도 생존하기 위해 온갖 것을 만들어내지만 날씨를 적수로 삼는 한 완전한 승리란 없다. 결국에는 그에 지는 것이 인간의 운명이다.

사람이 하는 일에 날씨만큼 중요한 요소가 또 있겠는가. 하늘이 반들반들해지는 아침이나 길게 날리는 구름이 보랏빛을 띠는 저녁이면 마음이 부드러워지기 마련. 좋은 날씨만큼 사랑스러운 게 또 있을까. 바람이 비단 같고, 햇빛이 온화하며, 모두가 제빛을 띠는 날씨를 느낄 때의 마음이 아마 가장 티끌 없는 사랑에 가까운 것이리라. 반면, 바람이 포악한 침입자처럼 창문을 흔드는 밤에는 기분도 그에 따라 가라앉는다. 사람의 마음 상태를 가리킬 때 '저기압'이라는 은유를 쓸 수 있는 것도 우리 마음이 날씨와 직접적으로 연결되어 있기 때문이다.

운전자를 포함하여 모두가 날씨에 민감하겠지만 그중 가장 예민한 직업은 정원사일 것이다. 체코 작가 카렐 차페크의 에세이집 《초록숲 정원에서 온 편지》는 한 송이 종꽃을 키우기 위해 노동하는 정원사의 열두 달을 그리고 있다. 정원사는 매사에 불평하지만 인내심이 한없이 깊고, 순수한 열정이 넘치지만 그로 인해 편집증적 성벽을 갖게 되는 인간이다. 그리고 무엇보다 날씨 때문에 1년 내내 끙끙 앓고 있다.

원제가 'The Gardner's Year'인 이 책은 외국 온라인 서점에서는 원예 카테고리로 분류되어 있고, 국내에서는 나무와 물고기, 개구리와 뱀에 관한 책들을 펴내는 출판사에서 번역 출간되었다. 그나마 국내 온라인 서점에서는 문학 에세이로 분류되어 있는 게 다행이다. 라이프스타일이나 가정/살림으로 구분되어서 화훼와 원예 서가에 놓이고, 정원을 가꾸고자 하는 열망에 가득 찬 누군가가 필연적 착각으로 이 책을 집어 들었다면 그의 정원은 꽤 곤란해졌으리라(그러나 안타깝게도 현재는 절판 상태로 그 어느 서가에도 놓일 수 없다). 이 책에서는 구체적인 원예의 팁은 찾아볼 수 없기 때문이다.

카렐 차페크는 부조리한 사회에서 살아가는 여러 인간 군상들을 유머러스하게 그려내는 미스터리형의 단편소설집과 '로봇'이라는 단어를 처음 사용한 것으로 알려진 희곡 〈R.U.R〉로 유명하다. 그런 그가 아마추어 정원사의 정열과 소설가의 시선을 결합해서 날씨와 식물과 노동에 관한 기억할 만한 에세이를 썼다. 1929년에 쓰인 만큼 여성을 꽃에 비유하는 등의 시대착오적 대목이 있지만, 많은 사람에게 낯선 과업인 원예를 경쾌하고도 신랄하게 묘사한 문체는 여전히 생생하다. 무엇보다도 이 책에서는 풀 한 포기 제 손으로 뽑아본 적 없고, 반경 5

미터 안의 모든 식물을 죽이는 불운한 사람도 공감할 만한 설명이 있다. 가령, 날씨에 대한 이야기가 그러하다.

카렐 차페크는 날씨는 알다가도 모를 것이라 어떤 일기예보도 제대로 맞히지 못한다고 썼다. 예상을 벗어나며, 기온도 예년의 기온으로 추정할 수밖에 없다. 늘 오차 범위를 벗어나 5도 높거나 5도 정도 낮다. 강수량도 마찬가지. 비가 오길 바라면 가물고, 몰아치는 비는 멈추지 않는다.

90년이 지나 과학기술이 놀랍게 발달한 지금에도 날씨는 여전히 예측 불가능일 것을 카렐 차페크는 알았을까? 인간은 추위와 더위, 비와 바람과 눈에 대항할 운명을 타고나나, 그들이 어떻게 닥칠지 완벽히 알 수는 없는 것이다. 그러나 정원사들은 그런 난관에도 굴하지 않고 구근을 심고, 거슬리는 민들레를 뽑고, 가뭄에 물을 대고, 냄새나는 거름을 만들고, 이듬해의 꽃들을 계획한다.

작가는 정원사들이야말로 인류의 낙관주의를 증명하는 사람이라고 말한다. 날씨 때문에 이루 말할 수 없는 고통을 겪고, 예측할 수 없는 날씨 때문에 불안으로 가득하지만, 그래도 봄이 오면 소매를 걷어붙이고 정원에 나선다는 것이다. 불가사의하기 짝이 없지만, 이런 불멸의 낙관주의를 잊지 않는 사람들이 바로 정원사들이다.

인간의 생존을 결정하는 모든 자연 조건들은 우리의 힘으로 완전히 통제 불가능하다. 소풍날 비를 막을 수 없는 건 물론, 비가 오지 않는 날을 골라잡는 것조차 쉽지 않다. 태풍과 홍수, 기근처럼 거대한 규모의 기후변화라는 불안한 뉴스가 뜨면 안심할 수가 없다. 지진과 해일 등 거대한 재난은 아무리 대비해도 부족하다. 그래도 인간은 늘 노력한다. 더 나은 예보 체계를 만들고, 그를 이길 수 있는 장치들을 개발하고, 방재 시스템을 세운다. 그리고 다시 일어설 수 있는 재건 대책까지 고민한다. 이 모든 일들에는 불멸의 낙관주의가 면면히 흐르고 있는 것이다. 우주를 상대로 여지없이 진다고 해도, 인간은 늘 맞서려는 의지가 있다. 크로커스와 스노드롭을 피우고, 완두콩을 수확하기 위해.

비 내리고 눈 내리고 바람 부는 날의 운전에 대해서 생각해 보았다. 이건 날씨와의 대결 같은 것은 아니다. 하지만 적당히 보슬비가 내리는 날에는, 일상의 용무를 해결해야 하는 날에는 운전을 할 수도 있다. 무엇보다 운전자는 완전히 날씨를 예측할 수는 없다. 집을 나설 땐 맑은 날씨였어도 펄펄 내리는 눈 속에서 벌벌 떨며 운전해야 하는 상황이 생긴다. 그것이 운전의 용도인지도 모른다. 어떤 조건이 발생해도 일상의 궤도는 돌아야 하기 때문에. 그리고 비가 내리는 날에도 젖지 않고 이 건물에서 저 건물로 옮겨 다닐 수 있다는 건 인간이 만든 도로와 교통, 건축의 사소한 승리이기도 한 것이다.

\\\

물론 그런 승리를 성취하기 위해 반드시 내가 운전하는 사람이 될 필요가 없다는 사실을 깨닫는 것이 운전자의 미덕이기도 할 것이다. 날씨와 같은 자연의 힘이 강력히 느껴지는 때면, 연약한 인간은 물러날 때를 알아야 한다. 그리고 우리에게는 의지할 수 있는 보다 능숙한 운전자들이 있다. 바로 대중교통 시스템이다. 지금의 나는 비 오는 날에 문명의 발명품, 자동차 속의 안온함을 누릴 수 있는 기쁨을 발견하였지만, 날씨의 힘에 복종하며 동료 시민의 기술에 의존하는 안도감도 잊지 않았다. 인간보다 더 거대한 환경 속에서 자신이 해야 할 일에 대한 신념을 갖되, 할 수 있는 일의 한계를 확실히 파악하기. 그건 타인을 믿는다는 면에서 또 하나의 낙관주의일 것이다.

* 카렐 차페크, 《초록숲 정원에서 온 편지》, 윤미연 옮김, 다른세상, 2005

교통체증

모두 같은 길 위에 있다는 동지 의식

2000년대 후반쯤이었던 것 같다. 여름이었고, 친구 K와 함께 예술의전당 미술관에 다녀오는 길이었다. 그 길을 전철로 가면, 남부터미널역에서 필연적으로 마을버스를 타야 한다. 그리고 갈 때보다 올 때 차들의 흐름이 막히는 길이었다. 나는 문득 짜증 섞인 말투로 내뱉었다. “오늘은 유난히 길이 막히네.”

K는 나를 힐끔 보더니 이렇게 말했다. “저번에도 비슷하게 막혔는데. 오늘은 서 있어서가 아닐까?”

K의 말이 맞았다. 나는 그 이전에도 K와 예술의전당에 다녀온 적이 있었고, 그때는 비슷한 교통 상황에서도 전혀 불편하지 않았다. 같은 환경이지만 내가 편안한지, 하지 않은지에 따라서 교통체증은 다르게 실감되기도 했다.

운전을 하면서 교통체증은 대중교통을 탈 때와는 또 다르게 감각되기도 한다. 사실 교통체증이 제일 짜증스러운 건 버스 안에서 서 있을 때고, 그다음에는 택시를 탔을 때이다. 급하게 갈 데가 있다거나 하면 어떤 경우에서도 화는 증가한다. 운전할 때의 교통체증의 문제는 피로도가 급격히 증가한다는 데 있다. 가만히 서 있는 것도 화가 나지만, 지속적으로 브레이크를 밟았다 뗐다, 그러다가 가끔 위험한 상황을 맞는다. 거칠게 끼어드는 차들, 급정거하는 차들, 도로 위에 같이 멈춰 있는 타인에게 화가 난다.

교통체증과 같은 일들의 문제는 나 외의 주변 사람들을 성가신 존재로 여기게 된다는 점이다. 특히 이렇게 타인의 존재를 실감하지 않을 수 없는 대도시에서는 더욱 그렇다. 길을 지나갈 때 어깨를 부딪치고 가는 사람들. 내가 들어가고 싶은 식당에서 이미 자리를 차지하고 앉아 있는 사람들. 세일 기간의 백화점, 주차장 입구에 길게 늘어선 차들. 모두 다 나의 앞길을 방해하는 사람들 같다. 왜 이렇게 사람이 많지? 차는 왜 또? 그들은 왜 나를 막는 거지?

물론 이런 사고가 불합리하다는 건 안다. 여기는 나만 독점적으로 사용하는 공간이 아니니까. 그렇지만 나는 막히는 길 위에서 어느샌가 나도 모르게 짜증을 내고 있었다. 다른 사람을 미워하고 있었다.

그런 생각이 들 때 떠올리는 이야기들이 있다. 하나는 2008년에 세상을 떠난 미국 작가 데이비드 포스터 월리스가 2005년 캐니언 대학 졸업식에서 한 연설 '이것이 물이다(This Is Water)'이다.

'이것이 물이다'는 우연히 동영상으로 접했다(https://youtu.be/eC7xzavzEKY). 이 영상을 본 후에 나는 그 연설을 찾아서 읽어보았다. 연설의 시작, 세상으로 나가는 졸업생들에게 월리스는 물고기 우화를 전한다. 어린 물고기 두 마리가 물속을 헤엄치다 나이 든 물고기를 만난다. 나이 든 물고기는 인사한다. "안녕, 젊은이들. 물은 어때?" 어린 물고기들은 좀 더 헤엄쳐 가다 묻는다. "대체 물이 뭐야?" 물이라는 건 뭘까? 이런 뻔한 질문은 왜 하게 되는 걸까? 하지만 윌리스는 그렇게 당연하게 보이는 것, 그리하여 우리가 일상적으로 인식도 못하는 것들에 대해서 질문을 하는 능력이 바로 교육의 결과라고 말한다.

이 연설에서 윌리스는 평범한 어른의 일상을 예로 든다. 내가 본 비디오도 그 장면을 중심으로 구성되어 있었다. 연설의 대상인 대학 졸업생들이라면 아침에 일어나서 사무실에 출근하고 8~10시간 정도 되는 피곤한 근무를 마치고 집으로 돌아간다. 내일은 또 다른 날이지만 아마 똑같은 일상이 반복될 것이다. 집에 가서 밥을 빨리 먹고 쉬고 싶지만, 집에 먹을 게 없어 쇼핑을 하러 가야 한다. 하지만 가는 길은 너무 막히고, 마트까지도 한참 걸린다. 마트 안에서도 사람이 많아서 서로 부딪친다. 마트의 계산대 앞에 있을 때, 조명도 음악도 거슬리고 줄은 길다. 군중은 짜증스럽기만 하고, 점원에겐 활기란 없다. 앞에는 아이에게 소리 지르는 여자도 있다. 분명 지치고 화가 나기 십상이다. 내 앞에 있는 기운 없는 사람들이 밉고, 이 모든 것들이 부당해 보인다.

이 모든 건 우리가 자신을 사고의 중심에 놓는 행위의 결과이다. 그리고 실은 우리 문화는, 교육은 이를 나쁘다고 하지 않았다. 어떻게 생각하면 꽤 자연스럽다. 나라는 필터 렌즈를 통하지 않으면 인식할 수 없으니까. 내가 버스에 앉아 있을 땐 느긋했고, 서 있을 때는 도로가 특히 막히는 것처럼 느껴졌던 것과 다름없다. 세상의 기준은 나이다.

월리스의 표현에 의하면 이것이 인간의 '디폴트 세팅'이다. 하지만 잠깐만 멈추고 이 당연해 보이는 것에 질문을 던져보자. 나를 둘러싼 물이 뭔지를 생각해보자는 것이다. 의식적으로 달리 보기로 한다면?

주위에 있는 사람들도 나처럼 나름의 삶이 있는 개인일 것이다. 그들에게는 우리가 모르는 사정이 있을 수도 있다. 내 앞에 껴든 차는 급한 환자를 싣고 있을 수도 있다(아마 아니겠지만). 내 앞에서 짜증스럽게 소리치는 사람들도 나름의 좌절이 있을 것이다. 차가 막힐 때, 마트의 줄이 길 때 그 시간에 화를 내지 않고 이런 타인의 삶들을 상상해본다. 어떤 도덕적 명령이 아니라, 스스로 자유로워지기 위해서이다. 생리적이고 자연적이며 사회적인 환경이 이끄는 대로 무력하게 따르지 않고 다르게 선택하는 것, 이것이 자유이다.

또 다른 이야기는 일본 작가 기자라 이즈미의 《어젯밤 카레, 내일의 빵》에 나온다. 이 소설의 등장인물은 기상예보관인 데라야마 렌타로와 그를 시부라고 부르는 며느리 데쓰코, 그리고 그들을 둘러싼 사람들이다. 시부와 데쓰코는 7년 전 아들이자 남편인 가즈키를 병으로 잃은 후 함께 살았다. 상실과 회복을 다룬 이 소설에 이런 부분이 있다.

> 건널목에 차단기가 내려지자 작은 차들이 줄줄이 멈춰 선다. 그 사이를 일직선으로 가로지르는 특급열차.
> “열차 사고가 나면 그 안에 탄 사람은 모두 같은 사고를 당하는 셈이지요. 그처럼 전혀 모르는 사람과 생사를 같이하게 되는 경우도 있지 않나요?”(93쪽)

시부는 정년을 앞두고 취미를 만들고자 데쓰코가 소개해 준 ‘등산녀’와 산에 오른다. 내려올 때 등산녀는 일상에서 생사를 같이할 관계를 만들지 못했기에, 누군가와 생사를 같이하고 싶어서 등산을 한다고 고백한다. 렌타로는 지나는 열차를 가리키며 저기도 마찬가지가 아니냐고 한다. 우리는 어쩌면 좋아하는 사람보다 모르는 사람과 더 오래 함께 있으며 삶과 죽음을 겪는다. 이미 늘 누군가와 생사를 함께한다.

\\\

나는 이 부분을 여러 번 읽었다. 길에서 만나는 사람들은 타인이 아니었다. 가령, 외계인이 침공해서 지금 이 도로를 습격한다면? 영화에 많이 나오는 상황 아닌가? 그러면 우리는 모두 같은 운명에 처하게 된다. 좀비들이 기차를 점령한다고 해도 마찬가지이다. 가까운 가족보다 지금 이 순간에 같이 있는 사람들이 나와 삶과 죽음을 함께 한다. 이렇게 생각하면 교통체증도 약간은 견딜 만해졌다. 우리가 같이 있기 때문에 이런 일이 생기는 거니까. 그리고 그건 나만의 문제는 아니었으니까.

정세랑의 《피프티 피플》은 이렇게 모두 같은 길 위에 서 있는 사람들의 느슨한 연결에 대한 소설이다. 여기 나오는 51명의 사람들은 어떤 도시의 한 병원에 근무하는 사람들이며, 그들의 환자이고, 그들의 친구나 친척이다. "분리의 6단계"처럼 세상은 여섯 단계만 거치면 모두 아는 사이라고 하지만, 이들은 굳이 여섯 단계씩이나 거칠 필요가 없다. 모빌리티의 시대, SNS로 네트워크를 이루는 시대에서는 서너 개의 노드만 넘어서면 모두 친구가 된다. 이 소설은 한 사람의 문제가 또 다른 사람의 문제가 되고, 자신의 문제를 해결하면 그것이 누군가의 희망이 되는 그런 관계를 그린다.

《어젯밤 카레, 내일의 빵》에서 가정했던 상황은 《피프티 피플》의 마지막 장에서 그대로 재연된다. 서로 먼 지인이자, 낯선 타인인 그들은 한 영화관에 모이고 거기서 갑자기 예상하지 못했던 상황이 발생한다. 소설 내에서 각자 별개의 이야기로 존재하는 듯 보였던 그들은 갑자기 운명 공동체가 되었다. 아니, 처음부터 이 사회에 같이 살고 있던 우리는 운명 공동체였다. 재난에 갑자기 깨닫게 된 것이었다. 그리고 그들은 자신을 살리기 위해서, 남을 살리기 위해서 함께 각자의 역할을 해낸다. 우리가 막지 못했던 사고 대신에 막을 수 있는 사고를 그린 대체역사 같은 결말에는 서로를 구할 수 있는 공동체에 대한 희망이 담겨 있다.

《피프티 피플》에는 도로와 운전에 대해 직접적으로 묘사하는 장이 있다. 장유라의 남편 헌영은 교통사고로 깨어나지 못하는 상태이다. 그가 당한 사고의 원인은 빗길에 미끄러진 25톤 화물차의 중앙선 위반이었다. 거기에는 연쇄적인 이유가 있다. 과적한 화물차는 조절이 어렵고 제동 거리가 늘어나며, 이는 화물 운수 업계의 다단계 하청 때문에 일어나는 상황이다. 깨어나지 못하는 남편 대신에 이제 가정의 생계를 책임져야 하는 장유라는 점심시간에 남편과의 추억이 어린 덕수궁에 가다가 시청 광장에서 화물연대의 시위를 본다. 그리고 장유라는 자기도 모르게 샌드위치 세트를 열 개 사서, 시위 중인 사람들에게 건넨다. 자신이 먹을 샌드위치도 남기지 않은 채. 장유라는 안다. 남편이 피해자이고, 화물차 운전수가 가해자이지만, 단지 그만이 가해자는 아니라는 사실을. 그런 사고가 일어나는 환경 속에 있는 피해의 연쇄 고리를 깨닫는다.

붐비는 전철 안에, 마트의 줄에 서서, 식당에서 주문한 음식이 나오길 기다리며, 지루하고 짜증 나는 상황에 갇혀 주위 사람들을 귀찮아한다. 언짢은 감정이 드는 것이 인간의 기본 설정이니까. 내가 아무리 교양으로, 자기 성찰로 승화하려고 해도 그런 감정이 순간적으로 치미는 것까지는 막을 수 없다. 하지만 예상하지 못한 사건이 일어나면 바로 옆에 있는 타인이 나와 생사를 함께하게 되는 것이다. 잠깐의 운명 공동체, 인사도 변변히 하지 않고 지나는 사람과 삶을 나눠 지고 있다. 타인의 권리가 나의 생명과 연결되어 있다. 나의 미래를 결정한다.

마지막에야 밝혀지지만 《어젯밤 카레, 내일의 빵》이라는 제목은 데쓰코와 가즈키의 만남에서 유래했다. 그들은 오래 전 길에서 어젯밤에 먹은 카레와 내일 먹을 빵으로 우연히 만나 더 오래 같이 가는 인연이 되었다. 우연한 한때 같은 길에 있었기에 죽음으로 헤어지기 전까지 함께하는 삶이 되었다. 《피프티 피플》은 우리가 모두에게 어젯밤 카레가 되고, 내일의 빵이 되고, 또한 서로의 아보카도 샌드위치가 된다는 이야기이기도 했다.

우리가 사는 너무나 당연한 세상이 물이다. 물을 다시 생각해보면, 누구라도 길에서 우산을 나눠 쓸 수도 있고, 서로의 제동 거리에 영향을 받는 앞차와 뒤차가 될 수도 있다. 나는 막연히 그렇게 생각했다. 늘 함께 사는 물을 생각하지 않고서는 남은 시간을 자유롭게 살아갈 수 없다고. 그렇게 물을 생각하다 보면 매일 반복되어 우리를 갉아먹는 지루한 일상에 좌절하지도 않고 타인을 미워하게 되지 않는 날이 올 것이라고. 우리는 타인의 상실에 태연할 수 없고 가장 깊은 슬픔 속에서도 외롭지 않다. 우리의 마음에 상흔을 남긴 거대한 사고로부터 일어날 수도 있고, 그를 이겨낼 수도 있다. 적어도 물을 생각하면, 같은 길 위에 서 있는 운명을 생각하면, 교통체증에 덜 짜증 내게 된다.

* 기자라 이즈미, 《어젯밤 카레, 내일의 빵》, 이수미 옮김, 은행나무, 2014

* 정세랑, 《피프티 피플》, 창비, 2016

앞에서 나는 배울 수 있다면 무엇이든 꺼리지 않는 기질이고, 약간의 잘난 척도 받아줄 수 있다고 말했다. 그토록 겸허한 내가 내 안에 분명히 존재하고 있다. 하지만 운전 기술이 익숙해질수록 나의 겸손과 인내심은 브레이크 패드만큼 조금씩 닳아가고 있었다. 운전을 가르쳐주는 건 좋다. 하지만 내가 핸들을 한 번 돌릴 때마다, 브레이크를 한 번 밟을 때마다 지시를 한다면, 그건 배움의 영역을 넘어선 게 아닐까?

초보 운전자들은 모두 안다. 옆자리에 앉은 누군가가 뜬금없이 나의 운전을 평가했을 때의 당혹감을. “생각보다 코너링을 거칠게 하네”라든가, “내리막길에서는 브레이크를 밟아야지” 따위. 몇 번 다녀서 나름 익숙하다고 자신하는 길에서도 잘못된 길로 들어섰다고 타박하면 참아주기 힘들다. 아니, 나도 다른 지름길이 있는 건 안다고. 하지만 초보라는 건 다른 사람보다 선택지가 적다는 뜻 아냐? 차선을 덜 바꿔도 되거나, 차가 별로 많지 않거나, 고가나 터널을 피할 수 있는 그런 길을 선호하는 초보만의 사정이 있다. 하지만 뒷자리에 앉은 선배 운전자들은 가차 없다. "왜 가까운 길을 두고 먼 길로 돌아가는 거지?" "이 길로 가면 더 늦는 거 몰라?" 그리고 그 잔소리는 내가 자신의 마음에 드는 길로 들어설 때까지 멈추지 않는다.

뒷좌석 운전자, 백시트 드라이버(backseat driver)는 이렇게 옆에 앉아서 남의 갈 길과 할 일을 지시하는 사람이다. 그들에게도 고난은 있다. 바로 초보가 운전해야 하는 차를 타야 하는 고난. 초보가 걷는 그 길을 이미 지나온 그들에게 초보의 운전은 답답하기만 할 뿐이다. 굼뜨고, 실수가 잦고, 심지어 위험하기까지 하다. 이런 위험을 감수하고 초보의 차에 승차한 것을 보면 어쩌면 그들은 낙관주의자일지도 모른다. 그리고 그들의 훈수는 어떻게든 도움을 주고 싶다는 (거기에 더해 자기도 무사히 하차하고 싶다는) 선량한 마음에서 나온 것이리라. 하지만 지시는 대체로 운전자에게 가닿지 못하고 좌절되고 만다.

2000년 초에 방영된 시트콤 〈세 친구〉에는 백시트 드라이버의 좌절에 관한 슬프고 웃긴 에피소드가 있다. 신경정신과 의사인 정웅인은 함께 일하는 간호사 안문숙이 운전면허를 따자 도로 연수를 해주기로 하고 같이 차에 올라탄다. 동네나 한 바퀴 돌고 오자는 가벼운 마음으로 길을 나서나, 문숙은 웅인의 친절한 설명에도 좌회전과 우회전을 제대로 하지 못한다. 오로지 직진할 뿐이다. 웅인은 점점 인내심을 잃고, 터질 것 같은 방광을 붙들고 어떻게든 돌파해보려 하지만, 문숙은 결국 강남을 지나 고속도로로 진입한다. 간신히 톨게이트 앞에 세우지만, 문숙이 안전벨트를 빼지 못해 두 사람은 자리를 못 바꾼다. 결국 차는 하염없이, 끝없이 달린다.

운전자와 뒷좌석 운전자 사이의 갈등은 필연적이다. 뒷좌석 운전자는 자신의 불안을 해소하고 타인을 돕기 위해서 계속해서 지시하고, 운전자는 따를 능력이 없다. 혼자서도 잘할 수 있다면 왜 남의 지시를 듣겠는가. 뒷좌석 운전자는 결정은 대신 내리지만, 운전까지 해줄 수는 없다. 그리고 차가 가는 길을 책임지지도 못한다.

타인의 충고를 따른 결과에 대한 고전적인 이야기가 바로 제인 오스틴의 《설득》이다. 이 작품은 믿고 따르는 사람에게 설득되어 잘못된 결정을 내린 한 여자가 그 결과를 바로잡아가는 내용이다. 서머싯셔주 켈린지 홀의 차녀 앤 엘리엇은 사치스럽고 자기밖에 모르는 아버지 월터 엘리엇 경과 그런 아버지를 빼닮은 장녀 엘리자베스와는 달리 신중하고 차분한 성격의 소유자이다. 스물일곱 살인 그녀는 당시로서는 과년한 나이로, 묘사에 따르면 한창때의 어여쁜 모습도 잃었다. 그녀에게는 열아홉 살에 해군 장교 프레더릭 웬트워스를 만나 사랑에 빠지나, 어머니처럼 따르던 레이디 러셀의 충고에 따라 웬트워스에게 이별을 고한 과거가 있다. 그녀는 두 번 다시 그만큼 사랑하는 사람을 만나지 못한다. 이제 아버지와 언니의 사치 때문에 저택을 내놓고, 다른 곳으로 이사하게 된 앤은 동생 메리를 돌보러 갔다가 그곳에서 웬트워스 대령과 재회한다.

《설득》은 제인 오스틴의 마지막 완결 작품으로, 다른 소설에 비해서 길이가 짧고 덜 알려진 편이었다. 처음 이 소설을 읽었을 때는 신랄하고 지적인 엘리자베스(《오만과 편견》)와 발랄하고 정다운 에마(《에마》)에 비해 앤 엘리엇의 캐릭터가 다소 평면적으로 느껴졌다. 하지만 요새 관점으로 보면 앤은 꽤 흥미로운 인물이다. 자신의 지위와 미모에 도취한 속물적인 아버지와 언니에 비하면 변화하는 세계를 냉철하게 바라볼 줄 알고, 불평 많은 여동생에 비하면 여러 사람을 배려할 줄 안다. 또한 자신의 처지에 굴복하지 않고 타협하지 않는 강단이 있는 동시에, 타인의 말에 귀 기울일 줄 아는 융통성도 있다.

다만, 남의 말을 듣고 진정한 사랑을 떠나보내는 실수를 저질렀을 뿐이다. 하지만 레이디 러셀의 잘못된 판단도, 앤의 우유부단한 행동도 결국 결과론적인 것이다. 웬트워스 대령이 전쟁에서 수훈을 세워 재산을 모으지 않았더라면, 더 나은 남편감을 만나 결혼해 행복한 가정을 꾸렸더라면 칭송받을 충고였다. 다시 만난 웬트워스는 자기를 버린 앤이 다른 사람에게 복종하느라 자기를 포기했다는 사실을 쉬 용서하지 못한다. 그리고 그것을 나약함과 소심함의 결과라고 생각한다.

\\\

하지만 앤은 설득에 굴복했던 과거의 자신이 여전히 옳다고 생각한다. 앤의 포기는 의무를 다하기 위한 것이었고, 그 의무감은 본인의 기질과 이성에 따른 것이었다. 오랜 시간이 흐른 후 앤은 자신의 행동을 점검한다. 그리고 지금도 여전히, 그때 약혼을 했더라면 지금보다 더 괴로웠을 것이라고 믿는다. 그런 감정은 인지상정이며, 강한 의무감은 여성의 덕목으로서 나쁘지 않다고 생각한다.

꽤 강한 자기 합리화다. 《설득》뿐 아니라, 제인 오스틴의 모든 소설이 약간 결과적으로 정당화되는 면이 늘 있다고 나는 생각했다. 처음에 잘못된 선택을 하지만 마지막에는 모두 '성공적 결혼'을 하는 해피엔드이므로 그 실수를 어떤 과정으로 받아들인다. 이런 합리화가 마음 편하기도 할 것이다. 세계는 여러 가정법으로 이루어져 있고, 미래를 알 수 있는 사람은 아무도 없기에 남의 충고를 구한다. 우유부단이란 여러 평행 세계 사이에서 오간다는 뜻인 것 같다. 이렇게 하면 어떤 결과가 되지? 다르게 하면 또 무슨 일이 일어나지? 그런데 누가 그 중 한 가지 세계로 가라고 백시트에 앉아서 속삭인다. 그렇지만 운전대를 그쪽으로 돌리기로 결정한 건 자기의 선택이다. 적어도, 앤은 결과를 자신이 책임진다. 앤은 설득당해서 낭비된 세월을 탓하지 않는다. 자신의 의무감에 따라 행동한 것이고 그로 인해 성숙할 수 있었다고 믿어버림으로써 레이디 러셀과 웬트워스 대령을 화해시키고, 무엇보다 우유부단했던 자기 자신과 화해한다.

살면서 앞길을 조언해주는 사람을 간혹 만난다. 우리 인생의 옆자리, 뒷자리 운전자들. 그 사람의 충고를 따를까, 말까? 우리는 갈등하면서 여러 가지를 고려한다. 조언자가 신뢰할 만한 성격과 현명한 관점을 지니고 있는가? 자신의 이익이 아니라 내 이로움을 추구할 만큼 호의가 있는가? 하지만 조언자가 레이디 러셀만큼 믿을 수 있는 사람이냐가 중요한 게 아니다. 어차피 그 누구도 완전히 미래를 내다볼 수는 없으니까.

충고에서 제일 중요한 해답은 결국 나 자신에게 있다. 어떤 결과를 맞이하더라도 내게 충고를 해준 타인을 원망하지 않을 자신이 있는가? 즉, 내가 앤 엘리엇 같은 사람이 될 수 있는가의 문제이다. 충고는 타인의 판단이지만 그 판단을 따를지 말지는 나의 판단이기 때문이다. 아니, 적어도 그 판단을 따른 나와 타인을 원망하지 않는 것도 자신의 결정이다.

결국 옆자리, 뒷자리에 누가 있더라도 운전대를 쥔 사람은 나다. 나는 여러 백시트 드라이버들의 충고, 훈수, 참견을 들으면서 결국 이 사실을 절감했다. 그리고 나는 의무감을 덕성으로 삼는 앤 엘리엇과 다른 사람이라는 것도 절감했다. 무엇보다 내게는 일이 잘못되었을 때 남을 원망하지 않는 인내와 현명함이 없다. 나는 남의 탓을 할 수 있다면 진심으로, 한껏 원망하는 사람이다. 그리하여 나는 가르침은 일단 받되, 결정은 내가 하겠다고 다짐하는 방식으로 마음의 평화를 조금이나마 찾았다. 차선을 바꾸지 못하고, 출구를 찾지 못해서 부산까지 가더라도, 그것은 나의 판단 미숙, 혹은 나의 결정이다. 그렇게 믿어야 남을 원망하지 않는다. 우리의 인생은 백시트 드라이버 없이 혼자 갈 수 없고, 그들은 때론 큰 도움을 주지만, 운전대는 하나밖에 없다.

* 제인 오스틴, 《설득》, 이미경 옮김, 시공사, 2015

의사소통

아래층 계단의 말

나의 개인 운전 선생이며, 능숙한 드라이버인 친구 Z가 언젠가 이렇게 말한 적이 있었다.

"메시지 전광판 같은 게 차 뒤에 달려서, 하고 싶은 말을 하면 그리로 전송되는 시스템이 있으면 좋겠다."

차와 운전자는 한 몸 같지만, 차에는 Z가 꿈꾸는 발성기관이 없어서 말을 할 수 없다. 가끔 사이드라이트, 소위 깜빡이로 신호를 보낼 뿐이다. 그러나 그 신호가 언제나 서로 이해되지는 않기에 벌어지는 답답한 상황들이 있다. "지금 차선 바꿉니다"라는 신호를 받지 못해서 사고가 날 뻔하기도 한다. 그리고 그때 치밀어오르는 분노의 언어를 그대로 전달하고 싶기도 하다. "운전 똑바로 못 해요?"

내 마음속에 있는 뜻을 타인에게 알리는 것, 소통의 문제는 늘 어렵다. 인간인 우리에게는 언어도 있고, 그를 표현하는 발성기관이나 손도 있고, 문자 체계도 있고, 각종 다양한 전송 매체도 있다. 하지만 하고 싶은 말이 늘 전달되는 것은 아니며, 잘

못 전달되기도 하고, 심지어 내가 하고 싶은 말이 뭔지 알 수 없을 때도 있다. 우리는 소통의 결핍 때문에 외롭다고 느끼게 된다. 옆에 있는 사람이 많아도 연결되는 느낌이 없다면 홀로 있는 것이나 다름없다. 아마 인스타그램 댓글마다 '소통해요!' 라는 댓글이 달리는 것도 이런 이유이리라.

그렇게 늘 타인의 마음과 연결되어 있다면, 우리의 문제는 줄어들까? 우리는 덜 외롭고, 더 따뜻하고, 더 속시원해질까?

900페이지에 달하는 코니 윌리스의 SF 로맨틱 코미디 《크로스토크》는 사람들은 타인과 매개를 거치지 않는 완전한 연결을 원한다는 전제에서 시작한다. 모바일 통신기기 회사 컴스팬에 근무하는 브리디 플래니건은 출근 직후부터 대화의 폭격에 시달린다. 쏟아지는 문자메시지, 가십을 전달하러 끊임없이 들르는 동료들, 가족들의 전화. 그 대화의 주요 화제는 컴스팬의 간부이자 남자 친구인 트렌트 워스가 제안한 EED 수술이다. 정서적 유대감이 있는 두 사람이 같이 EED 시술을 받으면 서로의 감정을 감지할 수 있다는 첨단 의학 기술이다. 모든 사람들이 부러워하는 연인인 트렌트와 EED로 연결된 사이가 될 수 있다니, 브리디에게는 "거절할 수 없는 제안"이다. 심지어 할리우드 유명 커플 브래드 피트와 안젤리나 졸리까지도 받았다지 않은가! (물론, 현재 그들의 관계를 아는 우리는 이미 EED의 의학적 효과에는 의심을 품을 수밖에 없다.)

브리디의 EED 수술에 반대하는 이들도 있다. 가족 권력의 핵심인 우나 고모는 "아일랜드의 딸" 모임에서 만난 아일랜드계 청년 숀 오라일리를 브리디에게 소개해주고 싶어 한다. 아홉 살 딸 메이브가 여성의 독립성을 해치는 디즈니 영화를 보거나 인터넷을 통해 테러리스트들과 접촉할까봐 안달복달하는 메리 언니는 브리디엔 관심이 없고 딸 걱정만 쏟아놓는다. 바람직하지 못한 남자들만 만나는 동생 캐슬린은 언니를 붙들고 연애 문제를 상담하려 한다. 회사에서는 지하 2층에 틀어박혀 기묘한 장치만 만지작거리는 "오타쿠" 엔지니어 C. B. 슈워츠가 EED에 대해 부정적인 의견을 제시한다. 하지만 사랑에 빠진 브리디를 누가 말릴 수 있겠는가? 결국 브리디는 트렌트와 함께 베릭 박사의 병원에서 수술을 받고 만다.

《크로스토크》라는 제목에서 익히 짐작할 수 있듯이, 그리고 모든 로맨틱 코미디가 그러하듯이, 상황은 의도대로 흘러가지 않는다. 수술 후 조마조마한 마음으로 기다리던 브리디는 드디어 누군가의 목소리를 머릿속으로 듣는다. 하지만 그 사람은 트렌트가 아니고, 전혀 예상하지 못한 사람이다. 이제 브리디는 다른 사람과 연결되었다는 사실을 숨기고 트렌트와의 연결을 다시 이어야 하고, 가족의 문제를 해결해야 하며, 갑자기 잔다르크처럼 허공의 목소리를 듣는 자신을 지켜야 한다. 그리고 독자들은 흘러넘치는 대화 속에서 중심을 찾아야 한다. 이 소설에서 중요한 정보는 모두 대화로 전해지며, 수많은 사람들이 동시에 말을 한다. 타인과 소통하고 싶은 갈망의 이면에는 필연적인 노이즈와의 단절이 있으며, 단선과 연결을 적절히 반복해야만 인간은 살아나갈 수 있다. 누구와도 편하고 쉽게 이어지는 서비스는 그를 선별할 수 있는 기능이 수반될 때에만 의미가 있다.

《크로스토크》의 어떤 부분은 일본 만화 《사토라레》를 떠올리게 한다. 《사토라레》에서는 정신적 에너지가 너무 강한 천재들이 등장하고, 그들의 속마음이 주위 사람에게 들린다. '일반인'들은 천재들을 보호하기 위해 그들이 속으로 하는 생각을 모른 척해주어야 하는 의무가 있다. 여기서 깨달을 수 있는 점이 있다. 우리는 가끔 타인이 나의 마음을 알아주지 않는다고 섭섭해하지만, 굳이 입 밖에 내어 말하지 않는 얘기들을 듣는 건 즐겁지만은 않은 일이다. 《사토라레》와는 반대로 알고 싶지 않은 타인들의 어두운 생각들을 듣게 된 브리디는 불쾌한 진실에 부딪치고, 그에 함몰되지 않도록 의식 속에 방어벽과 성역을 만들어야 한다. 미셸 공드리의 〈이터널 선샤인〉, 〈수면의 과학〉과 비슷한 논리로 구축된 이 환상적 공간에서 브리디는 새로운 관계를 발견한다.

이 책에서 발견하는 건 의사소통의 역설이다. 많은 사람들은 "소통이 필요해"라고 외치지만, 실제로는 지나친 소통에 지긋지긋해한다. 명절이면 내가 대답하고 싶지 않은 질문을 하는 사람은 왜 이리 많은가. 카카오 단톡방에서 끊임없이 울리는 알림은 또 어떻고. 요새 흔히들 쓰는 말 TMI(Too much information, 내가 원하지 않은 정보)를 전달받을 수 있는 경로는 또 어찌나 많은지. 실명도 모르는 SNS 지인 집의 화장실 구조라든가, 직장 동료 애인의 취미 같은 걸 내가 정말로 알고 싶었을까?

그렇다고 또 소통에의 희망을 완전히 버린 것도 아니었다. '혼밥'이 편하지만, 나도 모르게 한 손으로는 스마트폰을 계속 스크롤하면서 밥을 떠먹는다. 남의 사생활 같은 건 알고 싶지 않다고 하면서, 내가 좋아하는 연예인의 무대 아래에서의 모습을 전달하는 기사를 어느새 클릭하고 있다. 아무 문자도 오지 않는 날은 허전하다. 내가 포스트를 올렸는데, 답글이 하나도 달리지 않으면 뭔가 잘못한 것 같아서 불안하다. 저 사람은 왜 말귀를 제대로 알아듣지 못하고, 일처리를 이렇게 할까 늘 속으로 답답해한다. 나의 마음을 말하지 않아도 알아주는, 궁극의 이해를 해주는 누군가를 바란다. 내가 화났다면, 즐거웠다면, 그 감정을 자신의 것처럼 읽어주는 사람이 있으리라 기대한다.

아무리 사랑하는 가족이라도, 혹은 애인이라도 늘 연결되어서는 자기 자신을 찾을 수 없다는 것, 《크로스토크》의 이야기였다. 하지만 누군가와 한 순간이라도 연결되었기에 사랑을 찾을 수도 있었다. 내가 원할 때만 연결되고 싶은 온 앤 오프의 소통, 내 속마음을 아무도 몰랐으면 싶지만, 어떤 특별한 누군가는 알아주었으면 한다. 이 모든 의사소통에의 환상은 모두의 꿈속에 있고, 누구의 현실에도 없다.

나는 Z가 제안한 자동차 메시지 보드에 대해서 다시 생각해보았다. "제발 나 좀 끼워주세요"라고 말하고 싶을 때는 유용할 테지. 양보 받고 "정말 고마웠어요"라고 전할 수 있다면 도로에는 따뜻한 마음이 넘칠 것이다. 이럴 땐 역시 완전한 의사소통의 방법이 있다면 좋겠군, 싶다.

하지만 "얻다 대고 끼어들려고 그래!"라는 말을 하고 싶을 때도, "당신 운전은 너무 형편없어"라고 말하고 싶을 때도 있을 것이다. 나한테 "죽고 싶냐!"며 욕설을 날린 사람에게 "너나 잘해!"라고 대꾸해주고 싶을 때도 있을 것이다. 이디시어에 '트랩베르테르(trepverter)'란 말이 있다고 한다. 직역하면 '아래층 계단의 말'이라는 뜻. 막상 당할 때는 생각나지 않다가 뒤돌아서서야 생각나는 말. 도로에서 차를 운전하다보면 '아래층 계단의 말'이 너무 자주 나온다. 누가 나한테 신경질적으로 경적을 울려대거나 심지어 욕을 했을 때, 거기서는 맞받아치지 못하고 돌아서야만 생각난다. 손은 떨리고 입은 어버버. 분해! 역시 이 때도 메시지 보드가 있었다면…….

아마 도로에는 싸움이 넘치겠지. 메시지 보드에 번쩍번쩍 불이 들어오며 사람들은 서로를 향해 온갖 험한 말을 날리게 되리라. 메시지 보드 위로 강아지가 명랑하게 뛰어다닐 것이다.

역시 완전한 의사소통은 환상일 뿐이다. 좋은 마음을 전하지 못하는 건 아쉽지만, 나쁜 생각은 그저 입 밖에 나오기 전에 삼키는 것이 좋기도 하다. 경적만으로도 마음 상하는데, 굳이 말로 해서 복잡해질 필요도 없으리라. 역시 어떤 이야기는 전하지 않는 편이 좋고, 듣지 않는 편이 낫다. 깜빡이등만 꼬박꼬박 잘 키는 것으로 충분할지도. 양보 받았을 때 긴급 등 세 번 켜주는 것만으로도 도로 위의 소통은 완벽할지도. 더 이상의 이야기가 넘친다면 우리의 도로는 혼선된 《크로스토크》처럼 지나치게 많은 말들로 괴로울지도.

간밤 도로 분기 지점에서 내 차 바로 앞에서 급정거해서 하마터면 사고를 일으킬 뻔한 자동차 운전자에게 하고 싶은 말이 너무 많았다. 의사소통 능력의 부족으로 나를 위험에 빠뜨린 사람. 그 사람에게 내가 마음에 담은 말을 다 했다면, 한밤의 도로가 꽤 시끄러웠으리라. 내 속마음을 들키지 않은 건 서로를 위해서 다행일 것이다. 다행히 나는 창문을 열고 내 뜻을 직접 육성으로 전할 만큼 의사소통에 적극적인 사람은 아니었다.

* 코니 윌리스, 《크로스토크》, 최세진 옮김, 아작, 2016

* 사토 마코토, 《사토라레》, 북박스, 2005

경쟁

내 앞길을 막는 사람들

나는 경쟁심이 없다. 아니, 경쟁력이 없다고 스스로 평가한다. 경쟁에 자질이 없는 자신을 일찍이 알았기 때문일까. 어린 시절 친구들과의 놀이에서 잘하는 게 없었다. 달리기도 못하고, 공기놀이도, 고무줄도 젬병이었다. 좋아하지 않아 상관없었다. 그렇다고 남들보다 잘하는 분야에서도 경쟁심이 생기지 않았다. 노력하는 만큼 결과가 있으면 만족했다. 경쟁심이 강했다면 좀 더 높이 올라갈 수 있지 않을까, 라는 망상이 들 때도 있었지만, 누군가를 제치고 나아가고 싶은 곳이 없었다.

운전을 시작하면서 지금까지의 나의 주제 파악은 틀렸다는 걸 알게 되었다. 경쟁심이 없었던 것이 아니었다. 그랬다면 누가 나를 앞질러 가도, 내가 끼어들 때 양보를 받지 못해도, 내 앞으로 마구잡이로 끼어들어도 화를 내지 않았으리라. 온화한 성격까지는 아니더라도 분노를 발산하는 사람은 아니라고 생각했는데, 도로 위에서 수없이 많은 개를 찾았고, 그만큼 자주 후회했다. 거친 인간을 다정한 개에 빗대어 욕하는 건 옳지 않다. 블랙박스에게도 미안했다. 블랙박스는 세상으로 나가지 못한 나의 험한 표현들을 다 담고 있는 비밀 상자가 되었다.

나는 왜 이렇게 화가 났을까? 경주가 아닌데도 지는 기분이 들었다. 도로에 빈 공간이 생기면 차들은 묘하게 갈등한다. 그리고 이런 다툼은 위험하다. 경쟁이 싫은 이유는 필연적으로 안전을 위협하는 요소가 있기 때문이었다. 큰 차들이 밀고 들어오면 그 덩치로 나를 누르려 하는 것 같았고, 내 차 뒤의 초보 딱지를 얕봐도 된다는 허가증으로 보는 것만 같았다.

결국 나는 경쟁 자체를 피하는 평화롭고 너그러운 사람이 아니었다. 실은 경쟁이 주는 위협을 견딜 수가 없었던 것뿐이었다. 이길 수 있다면, 안전할 수 있다면 경쟁을 두려워할 이유가 없다. 그러나 우리는 대체로 지고, 내가 생각한 대로 나아가지 못한다. 도로에는 나 혼자만 있는 게 아니기에.

아사이 료는 또래 집단의 미묘한 경쟁에서 오는 불안감을 탁월하게 그려내는 작가이다. 나오키상 수상작인 《누구》는 취업을 준비하는 대학생들 사이의 보이지 않는 경쟁과 자기 합리화를 치밀하게 묘사한다. 《내 친구 기리시마 동아리 그만둔대》에서는 다른 아이들과의 비교를 통해서만 자기를 정의할 수 있는 고등학생의 고민을 섬세하게 포착해낸다. 지금 얘기하고자 하는 세 여자의 세 사연을 모은 《스페이드3》 또한 작가의 꾸준한 주제 의식을 잇고 있다.

첫 번째 이야기는 어딘지 익숙한 미치요의 사연이다. 현재의 미치요는 뮤지컬 배우 츠카사의 팬클럽 '퍼밀리어'의 운영진이다. 모든 일에 침착하고 능률적이라 회원들의 존경을 한 몸에 받는 미치요는 이 그룹에서 자신의 가치를 인정받으며 보람을 느낀다. 유명 화장품 회사에 다닌다고 사람들에게 말했지만, 사실 미치요는 협력 업체에서 자잘한 사무 업무를 맡고 있다. 그런 그녀의 평화로운 일상에 갑자기 초등학교 동창이 나타나 균열을 일으킨다.

두 번째 이야기의 주인공 무쓰미는 미치요의 초등학교 동창으로, 학창 시절 아이들에게 따돌림을 당했다. 미치요의 자비로 무리에 낄 수는 있었지만 친구가 없었던 무쓰미는 중학교에 가서 처음으로 소속될 수 있는 곳을 찾는다. 하지만 그 때문에 소중한 사람에게 상처를 주고 만다.

세 번째 이야기에서는 앞의 두 편에서 동경의 대상으로 등장하는 배우 츠카사의 속마음이 그려진다. 각광 받는 스타가 되어보지도 못한 채 언제 은퇴해도 상관없는 배우가 되어버린 츠카사. 어렸을 때 함께 입단했던 마도카가 화려한 커리어를 이어갈 때 츠카사는 수수하게 뒤에 남아버렸다. 그녀에게는 마도카처럼 빛나는 스토리가 없었기에 주목받을 수 없었다.

타인의 시선으로 자기 존재를 정의할 수밖에 없다는 것, 우리 모두의 고민이다. 나의 노력이나 곧은 원칙이 언제나 이해받는 것은 아니며, 사람들의 긍정적인 관심을 받는 사람이 되는 것도 어렵다. 내가 원하는 애정과 호의를 받으려고 해도 미묘한 경쟁이 존재한다. 나는 쭉 나의 길만 가려고 했는데, 누군가 내 앞으로 끼어든다. 혹은, 내가 그들 앞에 끼어들고 만다.

나는 《스페이드3》의 세 번째 이야기가 제일 좋았다. 츠카사는 퍼밀리어 회원들에게 절대적인 존재나 다름없지만, 현실은 배역 하나 따내기도 쉽지 않다. 츠카사는 스타에게는 다 있는 서사가 왜 자기에게는 없는 것일까 깊이 생각한다. 혼자 라이벌로 의식하는 마도카는 일찍 아버지를 잃었다. 지금은 병에 걸렸다. 평범한 사람들에게는 불행이지만, 스타에게는 이런 역경이 필연적으로 따라오는 사연이라고 츠카사는 생각한다. 수난이 없는 사막을 건너봤자 아무도 알아주지 않는다.

'우리'라는 말은 아무 때나 쓸 수 있는 대명사는 아니지만, 이 경우에는 우리 대부분이 츠카사를 이해할 수 있다고 말할 수 있으리라. 적잖은 사람들이 자신의 평범한 재능과 배경에 좌절한다. 나 또한 그랬다. 고만고만한 재능으로 그럭저럭 잘해서는 버틸 수 없다. 누군가 치고 올라오고, 혹은 저 멀리 앞으로 가버린다. 그 뒷모습을 보고 있노라면 치미는 어떤 불안한 감정, 이것이 경쟁심의 뒷면이다. 이기고 싶지도 않았지만 지고 싶지도 않았다. 사람들이 빨리 달려 나가는 건 괜찮았다. 그러나 내 앞으로 껴들어 나만 혼자 뒤처진다는 기분이 들게 만드는 건 싫었다. 딱히 남을 밀어내고 나가고 싶지는 않았지만, 뒤처지면 아무것도 가질 수 없으니까.

거리에서도 같은 길 위의 차에 경쟁심을 느낄 때가 있다. 갑자기 끼어들어서 나를 앞서가려고 하기도 하고, 내가 차선을 바꾸지 못하게 막기도 한다. 어차피 저 앞에 가서 신호에 걸릴 텐데 굳이 나를 제쳐야겠어? 나를 넣어준다고 해도 자기 가는 길에 큰 방해가 되지 않을 텐데, 옆길로 가야 하는 나를 밀어내며 경적을 울려야겠어? 같은 길 위의 차들은 내 사정을 봐주지 않고 방해꾼 취급한다. 결국에는 혼자 남아 아무 데도 닿지 못하리라는 두려움이 들었다. 삶에서도 마찬가지, 그렇게 계속 두려워하다 보면 타인의 사연을 부러워하게 된다. 타인의 삶에서 가진 고난조차도 스토리로서 샘내게 된다.

하지만 우리는 각자의 출발점에서 시작해서 각자의 길로 간다. 마도카와 같은 나이에 출발했지만 뒤처지고 말았다고 느낀 츠카사가 결국에 깨달은 건 그 점이었다. 서로 같은 노선에 있는 듯해도, 언젠가는 헤어지고 만다. 길이 겹쳤을 때 밀릴 수는 있지만 경쟁심을 품는 건 의미가 없다. 모두가 그렇게 경쟁한다면 세계는 거대한 경주장일 뿐이다.

나를 위협하는 사람을 미워하는 마음에 몰두하지 않고 달려 나가는 것이 제일 안전하다. 차를 운전할 때 사람들이 가장

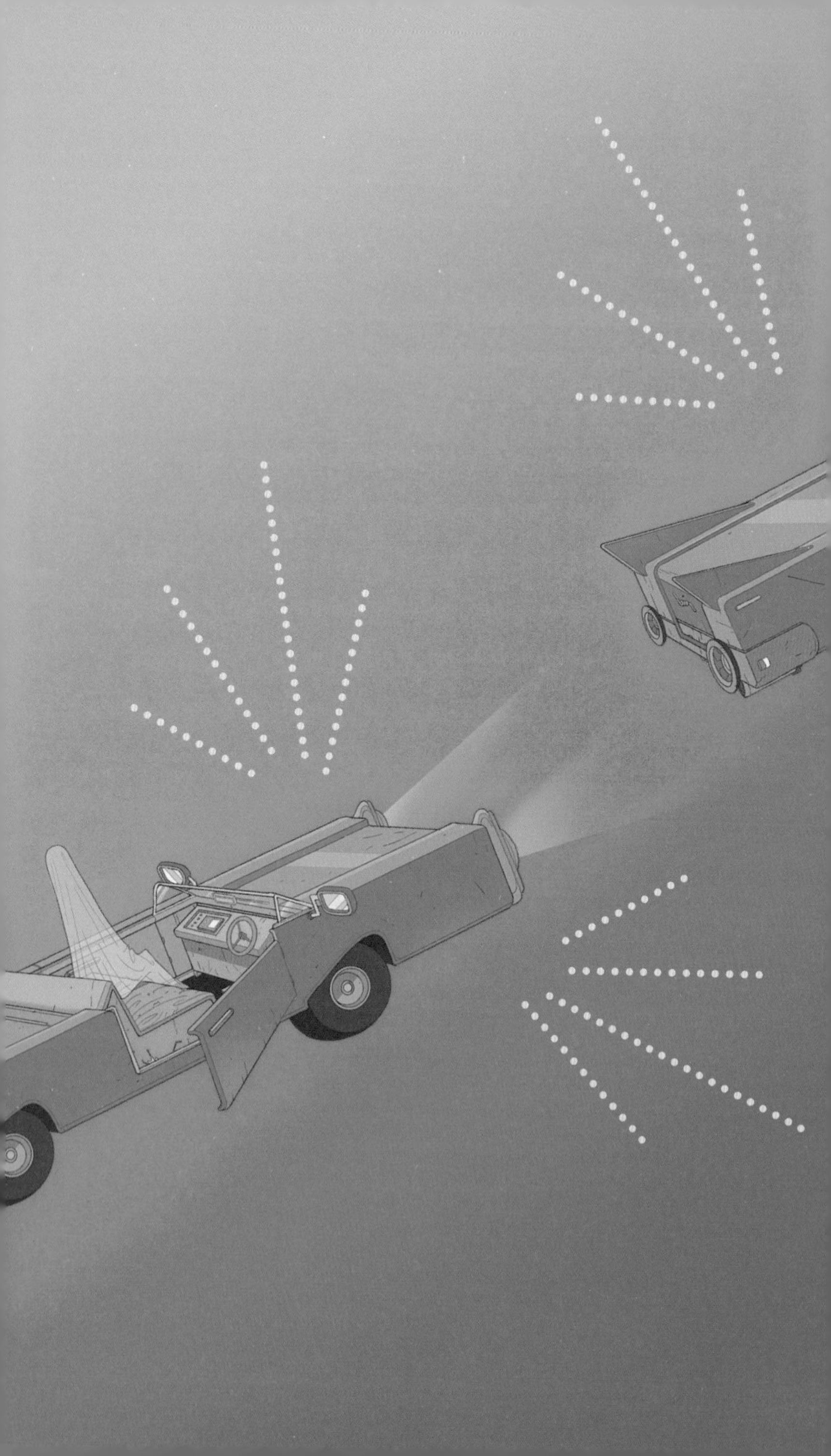

많이 깨닫는 중요한 교훈이다. 나는 은밀하고 조용히 나와 같은 길에 서 있던 사람들을 미워하기도 했다. 나와 비슷한 나이의 사람이 안정되고 성공한 삶으로 향하는 것을 보며 나도 모르게 내 삶과 비교하고 나를 혐오했다. 내가 지고 있다는 기분을 주는 사람들이 싫었다. 하지만 남이 빨리 가든, 밀고 들어오든, 나의 속도와 방식을 유지해야 한다. 이 간단한 일을 해내지 못하고 휩쓸려버린 나는 이미 졌다.

불안하고 싫고 미운 감정을 완전히 없앨 순 없다는 걸 안다. 같은 길에 있다는 것만으로도 남몰래 누군가와 나를 비교할 것이고, 내 감정이 블랙박스에 고스란히 담길 것이다. 하지만 경쟁심은 오로지 차 안에만, 순간의 마음속에 가둬야 한다. 그들은 자기 갈 곳으로 가고, 나는 내 갈 곳으로 간다. 경쟁에서 벗어나는 길은 승리가 아니라 망각에 있다. 깜빡이도 켜지 않고 끼어드는 무례한 자도 있지만, 먼저 기꺼이 보내줄 수 있을 때 도로는 비로소 나의 길이 된다. 물론 나는 매번 화를 낼 것이다. 되도록 짧게.

* 아사이 료, 《스페이드3》, 문기업 옮김, 이야기가있는집, 2016

* 아사이 료, 《누구》, 권남희 옮김, 은행나무, 2013

* 아사이 료, 《내 친구 기리시마 동아리 그만둔대》, 이수미 옮김, 자음과모음, 2013

음악

나의 드라이빙 BGM을 참아주기를

아무도 읽어주지 않는 글을 조금조금 쓰던 시절에 〈오페라 행성의 연인〉이라는 습작 엽편을 썼었다. 지구와 다른 지적 생명체가 사는 행성과 접촉했는데, 그곳 거주민들의 언어가 지구인의 귀에는 마치 오페라 아리아와 유사한 화성과 리듬, 발성처럼 들린다는 설정이었다. 그런데 그런 음악적 언어로 생활하는 그들의 행동 양식도 지구인이 생각하는 오페라적 극적 양식과 유사했다. 지구인의 자기중심적 관점이 상당히 개입된 실패한 SF이지만, 언어가 행동 양식을 결정한다는 사피어-워프 가설에 일정 정도 기반해, 음악이라는 특정 음향적 배열이 특정 감정이나 심상, 행동과 연결되어 있고 거기엔 우주를 넘어서는 보편성이 있을지도 모른다는 나름의 착상에서 시작했다. 또한, 음악과 언어 사이의 구분이 인류의 시각에서 본 임의적인 것일지도 모른다는 생각도 했던 것 같다.

세상 모든 일이 그렇듯이, 운전에는 편리한 점만 있지 않다. 하지 않았더라면 얻지 않을 온갖 성가신 점도 많다. 비용 문제는 말할 것도 없고, 내가 관리할 대상이 하나 더 생겼을 때의 고통도 있다. 운전 경력이 쌓여도 언제든 가슴 철렁하는 사건이 생길 수도 있다. 그래도 운전에서 제일 좋은 점이 있다면 단연 음악이다.

나는 남과 다른 귀를 타고난 것 같다. 여기서 말하는 귀는 '음악을 듣는 취향' 같은 은유가 아니라, 그야말로 신체적 기관으로 귀다. 그것도 귀의 기능에 대한 말이 아니라, 형태에 대한 말이다. 다른 사람의 귓바퀴를 자세히 관찰할 기회는 없었지만, 시판되는 이어폰들은 내 귀에는 맞지 않았다. 좁고 둥근 어깨에 멘 가방끈이 자꾸 흘러내리듯이 귓속에 집어넣은 이어폰은 빠지기 일쑤였다. 한때는 귀에 거는 거치형 이어폰을 쓰기도 했지만, 귀걸이를 하는 경우에는 꽤 불편했다. 결국에는 어디론가 옮겨 다니면서 음악을 듣는다는 활동 자체를 포기했다. 하지만 차 안에서는 나 혼자 실컷 음악을 틀어놓아도 뭐라고 할 사람이 아무도 없었다. 긴 이동 시간이 상대성이론처럼 줄어들었다. 내가 좋아하는 곡을 얼마든지 들을 수 있었다.

그러나 처음에는 이렇게 정서적인 이유만은 아니었다. 운전이 두렵던 초기에는 속 편하게 음악을 들을 생각도 하지 못했다. 오로지 집중, 집중!만이 살길이었다. 도로에는 너무나 산만한 소리가 많았다. 나를 향해, 혹은 누구를 향해 울려대는지 모를 경적 소리에 깜짝 놀라지 않고, 평정심을 잃지 않아야 제대로 운전할 수 있었다. 내가 넋을 잃지 않고, 혹은 창문 내리고 나를 위협하는 다른 차의 운전자들에게 미친 여자처럼 소리 지르지 않고 (그래서 잡혀가지 않고) 운전하기 위해서는 음악의 진정 효과가 있어야 했다. 마치 수험 공부를 하는 듯한 마음으로 집중해야 했기 때문에 음악이 필요했다. 그리고 그 결과 나는 음악이 없으면 운전을 하지 못하는 사람이 되었다. 차에 오르면 먼저 휴대폰을 거치대에 끼우고, 음악을 틀고, 내비게이션을 켠다. 이 기본 조건이 맞춰지지 않으면 출발할 수가 없다.

운전 초기, 나는 수많은 음악과 나의 운전을 맞춰보았다. 유튜브, 애플뮤직, 스포티파이 등, 온갖 스트리밍 사이트에서 드라이빙으로 큐레이션된 음악을 다 들어보았지만 딱히 마음에 드는 리스트를 발견할 수는 없었다. 나의 운전은 그렇게 명랑하고 활발하지 않았다. 미국 하이틴 영화에 나오는 것처럼 해안도로를 신나게 달리는 곡들을 담은 플레이리스트는 내게 어울리지 않았다. 운전하지 않을 때도 힙합이나 비트가 강한 팝은 잘 듣지 않았는데, 운전을 한다고 갑자기 좋아하게 될 리가 없었다. 그리고 나는 평소에 그렇게 섬세하고 정교한 리스너도 아니었다. 결국 나는 운전의 흐름과 나의 평소 취향 사이의 조율을 해가면서 점차 나만의 리스트를 정착하게 되었다. 취향을 찾아가는 모든 활동들이 그러하듯이.

내 친구들은 이런 나의 음악 취향을 그렇게 좋아하지는

않는 것 같다. 언젠가 내 차를 탄 D는 음악을 가만히 듣더니 "음…… 이렇게 우울한 음악을 들으면서 운전하는군요"라고 말했다. 또 다른 친구 Y는 어느 날 결국 못 참겠다는 듯이 "좀 더 빠른 템포의 곡은 안 되겠니? '라 메르' 정도만 되어도 괜찮겠어!"라고 외쳤다. '라 메르'를 말한 건 그때 당시 내가 아마도 '북 클럽을 위한 음악' 같은 리스트를 듣고 있었기 때문이었던 듯하다.

그렇다. 나의 취향은 심상적으로만 말한다면 덜 명랑하고, 좀 더 느리고, 약간은 우울한 곡들이었다. 음악 장르로 하면, 주로 스탠다드 재즈, 컨템포러리 중에서는 소위 멜로우 재즈라고 하는 곡들, 어쿠스틱 얼터너티브에 집중되어 있고, 이따금 클래시컬 피아노를 들었다. 팝 중에서는 R&B를 들을 때도 있었고, 국내 아티스트는 몇몇 발라드 가수의 리스트를 반복했다. 밤에 시내를 달릴 때면 시티팝을 듣기도 했다.

가령 내가 특별히 들어야 할 다른 곡이 있지 않은 한 보통의 나의 리스트는 대체로 이런 식이다.

° 키스 재럿의 〈The Köln Concert〉, 프란츠 고든의 〈Someone who cares〉

° 그레고리 포터, 다니엘 시저, 브루노 메이저, 수프얀 스티븐스

° 백예린의 모든 곡, 치즈, 선미 등 국내 여성 아티스트

° 80~90년대의 시티팝, 그리고 그 이후의 동시대적인 변형들

° 누자베스의 'Aruarian Dance', 원곡인 로린도 알메이다의 'The Lamp Is Low'

° 가끔은 보사노바. 특히 여행용

° 날 좋은 날에 듣는 맥 에이레스의 'Easy', 선 라이의 'San Francisco Street', 품 비푸릿의 'Lover boy'

° 여름 비 갠 날에는 대만 실내악 앙상블 시케이다

° 라흐마니노프 피아노 협주곡 2번을 포함한 각종 피아노 협주곡. 그리고 왜인지 집중 음악 리스트에는 꼭 끼어 있는 'Claire de Lune'

° 각종 스트리밍 사이트에서 만들어놓은 스터디 뮤직, 하와이안 카페 플레이 리스트

° 크리스마스 시즌엔 특별히 에이미 만의 크리스마스 앨범 〈One more drifter in snow〉

그야말로 뒤죽박죽 리스트이다. 이렇게 플레이를 하면 유튜브의 AI가 또 데이터를 분석해 새로운 재생 목록을 만들어주지만, 이쪽의 AI는 바둑만 너무나 열심히 수련했는지 음악 쪽은 그렇게 영리하지가 않아서 리스트는 더 뒤죽박죽이 되어버린다. 하지만 내 리스트에는 나름대로의 일관성이 있다. 내가 즐겨 듣는 음악에는 내가 운전을 하는 리듬이 스며 있는 것이다.

\\\

파스칼 키냐르는 《음악 혐오》에서 이렇게 말했다. "음악에는 숙고도 응시도 없다. 음악은 연주자와 청자 모두를 리듬이라는 물리적 수송 수단 속으로 즉시 옮겨 놓는다."(106쪽) 이 짧은 문장에는 음악이 내 운전의 기본 조건이 될 수 있는 은유를 압축하고 있다. 리듬과 차는 물리적 수송 수단이라는 동일성으로 나의 몸을 움직이게 한다.

리듬은 우리를 움직이게 한다. 이 원초적이고 본능적인 명제는 올리버 색스의 《뮤지코필리아》에서 뇌과학적으로 설명된다. 이 책의 19장 〈박자를 맞춰요: 리듬과 동작〉은 작가 본인의 경험으로 시작한다. 올리버 색스는 노르웨이에서 등산을 하다 다리를 크게 다치는 사고를 당했다. 대퇴사두근이 끊어져서 걷기도 힘들었지만, 비트가 강한 행진곡을 부르면서 그 리듬에 맞추어서 몸을 움직여 간신히 내려왔다. 수술 후 걷는 법을 잊어버린 그에게 누가 멘델스존 마단조 바이올린 협주곡을 권했고, 2주간 그 음악을 계속 들으면서 재활해 다시 보행 운동의 리듬을 찾았다. 이런 경험은 그에게만 있었던 것이 아니었다. 사고나 병으로 한동안 동작이 억제되었던 사람들이 의지와 동작을 일치하는 매핑에 실패하게 되었을 때 음악이 다시 억제된 운동계를 활성화하는 데 도움을 준다는 것이었다. 우리가 무엇을 외워야 할 때 노래를 부르는 것도 같은 원리라고 할 수 있다(영화 〈기생충〉에서 거짓 정보를 외우기 위해 제시카가 부르는 노래, 일명 '제시카 징글'처럼!). 인간은 템포와 리듬에 따라서 자신의 동작을 맞출 수 있고 그때는 운동 피질과 기저핵, 소뇌의 하부 피질계가 활성화된다고 한다. 책에서는 운동선수들이 음악에 맞추어서 자신의 동작을 연습하는 것도 리듬이 기초적 전위 동작을 활성화하는 촉매 역할을 하기 때문으로 설명한다. 우리의 마음은 음악이 아닌 것, 가령 냉장고 소리나 시계 소리에도 리듬을 부여해 음악화하고, 콘서트에서도 리듬을 통해 다른 사람과 일치의 감정을 느끼고, 동작을 맞추기도 한다(아이돌 콘서트 응원법을 생각해보라!). 우리가 실행하는 여러 지각 활동, 시각, 청각, 후각 등도 리듬에 의해서 하나로 결합된다.

내가 음악을 들으며 운전을 할 때, '오, 나의 운동 피질과 기저핵, 소뇌의 하부 피질계가 활성화되고 있어!'라며 나의 운동계가 어떻게 일하는지 알았다고 해서, 내가 운전을 더 잘하게 된 것은 아니었다. 다만 나의 운전법에 대해서 뭔가 깨달은 것이 있다. 동작과 기억, 인지, 음악이 작동하는 방식에 대해서. 나는 명랑한 씽씽 리듬이 아닌, 천천한 라라~ 리듬에 반복된 동작을 맞춰야 마음의 안정을 찾고 운전할 수 있었다. 상황이나 날씨, 무드에 따라서 가끔은 다른 리듬을 찾을 수도 있겠지만, 베이스 템포는 이쪽이었다. 내가 생각하는 운전은 일정하게 책장을 넘기는 아날로그식 독서의 동작과 유사했다. 어떤 부분에서는 특히 집중하고, 이따금 다른 일이 끼어들어 멈칫하기도 했다가, 다른 부분은 오토파일럿처럼 자동화된 방식으로 쭉 진행한다. 친구 Y가 질색한 나의 음악 리스트 '북 클럽'은 내가 인식하는 세상의 흐름이 만들어내는 리듬대로라서 어쩔 수가 없었다.

미국에 살 때 가끔 나를 태워주었던 친구 H는 라디오에서 어덜트 컨템포러리, 컨트리음악이 나오는 채널을 즐겨 들었다. 미드웨스트의 사람들이 제일 선호하는 라디오 프로그램 중 하나인 〈딜라일라〉였다. 사람들이 전화해서 자기 사연을 이야기하는 이 쇼는 거의 매일, 저녁 7시부터 자정까지 하는 것 같았다. 그곳의 삶에서는 그 음악이 잘 어울렸다. 굴곡 없이 끝없이 펼쳐진 평지, 밤이 내려오는 시간, 몇 킬로미터를 가도 집 한 채 없을 수도 있는 넓은 땅. 이제 H와는 연락을 하지 않지만, 그 차 안에서 들었던 음악은 생각이 난다. 그때의 삶의 리듬과 함께.

인생이 자기가 좋아하는 음악대로 흐르지만은 않을 것이다. 인생이 하나의 음악이었다면, 나는 유튜브에서 '햇빛 찬란한 해변 카페' 같은 리스트를 찾아서 매일 들으리라. 아쉽게도 인생은 선곡표대로 움직이지 않지만, 적어도 음악의 템포에 내가 움직이는 리듬을 맞추어 기억에 저장할 수는 있었다. 그것을 다시 기억의 저장고에서 꺼내어 일상의 운동을 한다는 감각을 얻을 수는 있었다. 그것이 운전과 같은 작은 운동이라고 할지라도. 그런 식으로 음악과 차가 같이 흘러가게 할 수는 있었다. 둘 다 나를 여기에서부터 어디론가 데려갈 것이다.

그러니 나의 차에 함께하는 이들이여, 나의 지나치게 차분한 드라이빙 백그라운드 뮤직을 참아주기를. 이것이 내가 흘러가는 방식임을 이해해주기를. 그러나 가끔은 우리는 라메르를, 혹은 그것보다 더 빠르고 신나는 음악을 같이 들을 수는 있다. 그것이 친구들과 함께 있을 때의 나의 운전이며, 나의 템포이니까.

* 올리버 색스, 《뮤지코필리아》, 장호연 옮김, 알마, 2016

\\\

돌발

돌아서 가도 이어져 가는 삶

내비게이션에 전적으로 맡기고 따라가는 사람도 있지만, 나는 사전에 지도를 꼼꼼히 연구하는 편이다. 내비게이션이 알려주는 '최적'이나 '최단 시간'은 의미가 없었다. 터널은 답답해서 무섭고, 고가는 높아서 아찔하고, 좁은 골목은 다른 차와 부딪칠까 봐 걱정스러운 초보에게는 특별히 선호하는 평온한 길이 있다.

그러나 도로는 지도 위에 가만히 누워 있는 2D의 직선이 아니다. 도로 위에는 끊임없이 움직이는 차와 사람이 있다. 그리고 항상 예상치 못한 일들이 일어난다. 초보 시절에는 도로 공사만 맞닥뜨려도 가슴이 두근거리고 핸들을 쥔 손에서 땀이 났다. 경로 연구는 쓸모가 없었다. 좌회전을 해야 하는데 끼어들 수 없어서 놓치거나, 고속화 도로에 진입하지 못하거나 빠져나가지 못했던 일은 부지기수다. 내비게이션은 항상 갑자기 돌아가라고 한다. 각오하지 않은 길로 가라고 한다.

저 앞에 벌어진 사고, 일기예보에 없었던 비와 눈, 평소와 다르게 막히는 도로. 몸 안에서도 예상치 못한 일들이 일어난다. 운전자에게 치명적인 졸음, 급하게 차를 세워야만 하는 복통과 설사 같은 것도 있다. 심지어 타이어 바람이 빠졌다는 경고등 불빛이 들어와 길을 돌아서 카센터를 찾아야 했던 때도 있었다. 자동차 범퍼 아래 붙이는 범퍼 립, 스포일러가 떨어져 끌리는 소리에 기겁해 응급 수리를 불렀던 적도 있었다. 나 같은 계획 집착 운전자는 패닉에 질릴 수밖에 없는 갑작스럽고 자잘한 일들이 줄기차게 일어난다.

미리 준비한 계획을 바꾸게 하는 돌발적 상황은 늘 있다. 인생의 방향을 트는 커다란 사고도, 아주 사소한 사건들도 도처에 도사리고 있음을 우리는 안다. 하지만 막상 벌어지면 익숙했던 길은 이제 내가 예측할 수 없는 미지의 장소로 변해버린다. 모든 것이 예측 가능하다고 생각했던 것은 나의 오만이었음을 깨닫는다. 삶은 이렇게 불쑥 우리에게 즉흥연주를 시킨다.

내게도 이런 일이! 나는 이제 어디로 흘러가는 걸까? 아득해질 때면, 앨리스 먼로의 소설 속 여자들을 떠올리고는 한다. 앨리스 먼로의 단편에는 평범하고 잔잔한 삶을 살아가는 여자들이 등장한다. 단조로운 결혼 혹은 비혼, 사건이라고는 없는 직장, 사랑스럽지만 때가 되면 떠나가기 마련인 아이들. 20세기 중반과 후반을 관통하는 이 소설들에서 여자들은 그들을 둘러싼 사회적 억압에 적극적으로 반항하지 않으면서도 남몰래 쉽게 용인되지 않는 감정과 욕망을 품고 산다. 그러다 어느 날 어떤 사건이 생기고, 그녀들의 평온했던 삶은 예상치 못한 궤도로 흐른다.

먼로의 단편집 중 하나인 《착한 여자의 사랑》에도 이런 여자들이 등장한다. 중편 분량인 〈착한 여자의 사랑〉은 1950년대를 배경으로 검안사 윌렌스가 차와 함께 물에 빠져 사망한 이후의 일을 그린다. 간병인인 이니드는 어린 시절 학교를 같이 다녔던 루퍼트 퀸의 집에 고용되어 그의 죽어가는 아내를 돌본다. 그리고 그 아내에게서 믿기 힘든 진실, 혹은 거짓을 듣는다. 평생 착한 여자로 살아왔던 이니드는 자기 마음속에 은밀히 숨긴 열정과 양심 사이에서 어떤 결정을 내린다.

〈자카르타〉에서는 한때 같은 동네에서 살았던 켄트와 소녜가 몇십 년이 흐른 후에 다시 만난다. 켄트는 당시 아내였던 캐스와 헤어지고 그 이후에도 여러 여자와 만나고 헤어졌다. 소녜는 남편 코타가 오래전 자카르타에서 열병으로 죽었다고 믿는다. 사라져버린 사람들 뒤에는 계속 살아온 사람들이 있다.

〈코테스섬〉에서는 참견 많은 이웃집 고리 부인의 남편을 돌보는 일을 맡았던 어린 신부가 나온다. 고리 씨를 위해 이것저것을 읽어주는 일을 하던 그녀는 그의 부탁으로 1923년 8월의 일요일, 코테스섬에서 일어난 화재를 다룬 기사를 읽는다.

아내가 집을 비웠을 때, 집에서 불이 나 남편이 사망한 사건이다. 그 화재는 고리 씨에게 어떤 의미였는지 그녀는 끝까지 알지 못한다.

〈추수꾼들을 제외하고는〉에서 연극배우로 사는 이브는 캘리포니아에 사는 딸 소피와 그녀의 아이들과 함께 휴가를 보내기 위해 호숫가의 집을 빌린다. 이브는 손주들과 함께 낯선 차를 따라가는 놀이를 하다가 어릴 적 보았던 것 같은 집에 들어가고, 거기서 낯선 사람들과 맞닥뜨린다.

〈자식들은 안 보내〉는 우연히 연극 〈외리디스〉의 주연을 맡게 된 폴린의 감정을 따라간다. 남편과 두 딸, 남편의 부모와 함께 휴가를 보내던 여자가 갑작스럽게 자기 삶을 송두리째 바꾸는 결정을 내린다. 자기 몸속에 있는지도 몰랐던 강렬한 감정 때문에. 그러나 감정이 일으킨 결과는 그 감정보다 오래 남기 마련이다.

〈돈 냄새가 진동할 만큼 부자〉는 데릭과 앤 부부, 그리고 이웃에 사는 로즈메리의 관계를 로즈메리의 어린 딸 카린의 눈으로 그린 작품이다. 소녀는 어른들 사이에 흐르는 긴장감과 욕망을 예민하게 느끼고 거기서 자신만의 환상을 쌓지만, 그 때문에 사고가 일어난다.

\\\

〈변화가 일어나기 전에〉에서는 한 여자가 헤어진 약혼자 R에게 편지를 보내며, 남이 모르는 진료를 오랫동안 행했던 아버지와 가사를 돌보아주는 늙은 배리 부인에 대한 이야기를 쓴다. 아버지의 비밀과 딸의 비밀이 엇갈리고, 그 위에 어린 악의의 그림자 속에서 딸은 아버지를 이해하게 된다.

〈우리 엄마의 꿈〉은 딸이 서술하는 엄마의 젊은 시절 이야기이다. 질은 남편이 전쟁에서 목숨을 잃은 후에 아기를 낳는다. 예민한 아기는 엄마를 거부하여 계속 울어대고, 신경쇠약인 시누이 아이오나가 아기를 맡는다. 그리고 아이오나가 집을 비운 어느 날, 질과 아기는 어떤 상황에 직면한다.

길게 설명할 거리도 없는 파편적 일상 같은 이야기들이다. 하지만 표면의 간결한 문장들을 깊게 파고 들어가면 그 누구도 포착할 수 없는 인간 내면에 대한 섬세한 묘사들이 있다. 우리가 놓쳐버린 기회, 앞으로 올 것만 같은 기회, 확증할 수 없는 의심, 확증하고 싶지 않은 의심, 실현할 수 없는 욕망, 기필코 저질러버린 욕망. 그리고 알지 못하는 곳으로 이끄는 열정. 어떻게든 이어져 가는 삶이 이 소설들 속에 있다.

인생의 길이 한 번 정해지면 절대 바뀌지 않을 거라고 믿었다. 학교에 가거나 가지 않거나, 결혼을 하거나 하지 않거나, 어떤 직업을 얻거나 얻지 못하거나. 이런 결정들로 진로가 정해지면 그대로 쭉 살아갈 거라고 생각했다. 오늘은 어제의 변주이고, 내일은 오늘의 또 다른 각색. 삶에는 돌발이 도사리고 있다는 것을 알지만, 언제 닥쳐올지는 모른다. 그러나 어느 날 그런 사건이 일어나고 나면, 모든 게 이전과 같지 않다.

그러나 앨리스 먼로의 소설을 읽으면, 무언가 달라졌다고 해도 여전히 삶은 그렇게 이어진다는 것을 알 수 있다. 그녀의 다른 소설 제목 '디어 라이프'처럼. 삶은 살뜰하고 소중하며 필사적으로 붙잡아야 하는 것이다. 〈착한 여자의 사랑〉에서처럼 알고 싶지 않은 진실을 알고 이제까지의 궤도가 바뀌려는 순간, 삶은 절실해진다. 〈우리 엄마의 꿈〉에서는 일어날 뻔했으나 벌어지지 않은 사고가 있고, 이로 인해서 그들의 삶은 잠깐 달라졌다가 다시 일상이 되어 흘러간다.

길은 바뀐다. 아무리 꼼꼼하게 계획을 세웠어도 그 계획을 실천하지 못하는 일들이 나타난다. 매일이 똑같은 길로 가는 것 같았어도, 어느 날은 그 길로 가지 못하게 된다. 아니, 영원히 가지 못하게 된다. 옛길이 없어지고 새로운 길이 나타난다. 변화가 닥쳤을 때 우리가 할 수 있는 일은 〈착한 여자의 사랑〉의 이니드처럼 그 다른 가능성이 "다가오도록 그저 내버려 두는 것"(127쪽)일지도 모른다. 그리고 그런 돌발 사고가 생겼을 때도 우리에겐 선택이 있다. 이 길로 갈지, 저 길로 갈지. 먼 곳으로 갔다가 돌아올지, 가던 길로 계속 가버릴지. 고통과 흉터가 남을지도 모르지만, 어쨌든 그 길에서 빠져나올 수도 있다. 〈돈 냄새가 진동할 만큼 부자〉에서 카린이 상처를 입고도 제자리로 돌아와 변화를 안고 살아가는 것처럼.

예상한 경로를 바꾸게 하는 사소한 사고들은 언제나 두렵다. 그렇지만 피할 수는 없다. 할 수 있는 건, 돌발 상황에서 가능한 선택들을 점검하고 그 길로 가는 것. 그것이 언젠가 말한 '자기 길을 가는 것'의 또 다른 표현이기도 하다. 내가 갈 길이 정해져 있는 게 아니라, 내가 그리로 감으로써 길이 정해지는 것이다. 가끔은 비상등을 누르고 잠시 멈춰서 기다렸다. 나는 빙빙 돌기도 하고, 느릿느릿 기어가기도 하며 목적지에 도달했다. 혹은 예상치 못한 목적지에 도달했다. 기대하진 않았던 길이 맘에 들기도 했다. 그렇게 돌아서 가도 되는 것이 우리의 살뜰한 삶이며 거기에는 아주 작은 승리감이 있다. 뭐, 설사 승리감 따윈 없대도 삶은 이어진다.

* 앨리스 먼로, 《착한 여자의 사랑》, 정연희 옮김, 문학동네, 2018

평균

위비곤 호숫가의 삶과 남보다 잘(못)하는 나

운전을 하지 않을 때는 모든 운전자를 존경했다. 내가 할 수 없는 기술을 저렇게나 일상적으로 해내다니! 어떻게 저 커다란 쇳덩이를 두려움 없이 용감하게 움직일 수 있지? 어떻게 번잡한 도시의 도로에서 무사히 살아남을 수 있지? 삶의 주요한 기술을 마스터한 자들이여!

운전을 하게 되면서 이 존경심을 쉽사리 잃어버렸다. 아니, 여기서 왜 운전을 이렇게 해? 깜빡이를 켜야 한다는 기본 매너조차 지키지 못해? 초보인 나보다도 운전을 더 제멋대로 하는 건 뭘까? 세상엔 정말 한심한 운전자가 많군! 우물 밖으로 나온 올챙이는 금방 오만해진다. 주차할 땐 아직도 벌벌 떨지만, 도로 위에서는 나보다 못한 운전자가 수도 없이 많다고 생각한다. 가끔 나도 실수는 해, 하지만 대체로 나는 기본은 지키는 운전자야. 세상에는 이런 기초적인 실력도 갖추지 못한 사람들이 많지.

하지만 세상 운전자 대부분이 자기는 평균 이상이라고 생각한다고 한다. 나는 이 사실을 줄리언 반즈의 《예감은 틀리지 않는다》에서 읽었다. 그의 책에서 인용된 바에 따르면, 영국에서 몇 년 전 실시한 설문 조사에 참여한 운전자의 95퍼센트가 자신은 평균을 웃도는 운전자라고 했다는 것이다. 영국 사람들의 자기평가가 후하다는 얘기일 수도 있지만, 나는 이것이 특별히 영국 사람에게만 국한된 이야기는 아닐 거라고 생각한다. 나를 포함, 세상의 많은 사람이 겸손하게 적어도 평균은 된다고 겉으로 말하고, 속으로는 평균 이상은 된다고 생각하는 것 같다. 이건 수치로 정해지는 성적과는 다른 문제이다. 평균 정도의 능력, 평균 정도의 양심, 평균 정도의 삶. 그러나 우리의 평균은 대체로 못하는 사람보다는 낫다는 의미이다.

《예감은 틀리지 않는다》는 도덕적인 관점에서 '평균 이상이라고 믿었던' 사람의 이야기라고 할 수 있다. 나는 이 소설의 한국어 제목을 처음 본 순간부터 지금까지 쭉 이해할 수가 없는데, 왜 예감은 틀리지 않는다고 한 것일까? 주인공의 예감은 결국 틀리고 말았고, 그의 추측이나 짐작이 틀렸다는 것이 이 이야기의 핵심일 텐데. 원제 'The Sense of an Ending'을 차라리 '예감은 틀린다'거나 '예감은 틀렸다'라고 했으면 덜 멋지게 들렸을지는 몰라도, 소설 속 내용에는 부합했을 것이다.

줄리언 반즈 소설 중에서는 비교적 짧고 간결한 이 소설은 크게 두 부분으로 구성되어 있다. '나'라고 하는 남성 화자의 젊은 시절을 그린 1부, 그리고 그의 삶이 저물어가는 시점의 사건을 그린 2부. 이 소설의 주인공은 '나'인 동시에, 그가 젊은 시절에 만났던 두 사람, 에이드리언과 베로니카이다. 에이드리언은 '나'의 고등학교로 전학 와 처음 만나 사귀게 된 친구로, 그의 진지한 관점과 통찰력 있는 세계관 때문에 교사의 인정과 친구들의 은근한 존경을 받는다. 그들의 고등학교 시절에 선명한 인상을 남긴 사건이 있다면, 동급생 롭슨의 자살이다. 그의 자살을 둘러싸고 에이드리언과 역사 선생은 논쟁을 벌이고, 에이드리언은 파트리크 라그랑주의 말을 인용해서 "역사는 부정확한 기억이 불충분한 문서와 만나는 지점에서 빚어지는 확신"이라는 자신의 세계관을 피력한다.

그 후, 에이드리언은 케임브리지에 진학하고, '나'는 브리스틀 대학에서 역사를 전공하며 각기 다른 환경으로 떠난다. '나'는 베로니카라는 여자를 만나 교제를 시작하지만, 20세기 중반의 전형적인 연애처럼 둘 사이는 성적으로 보수적인 거리를 유지한다. 방학이 되어 주말에 '나'는 켄트에 있는 베로니카의 집을 방문하지만, 거기서 베로니카의 아버지와 오빠가 자신을 어떻게 평가하는지 알 수 없어 불편한 느낌을 받는다. 베로니카의 어머니인 포드 부인은 내게 호감을 느끼는 것 같았으나 '베로니카에게 너무 많은 걸 내주지 말라'는 불가사의한 말을 남긴다. 그 후, '나'는 베로니카와 고등학교 동창인 콜린과 앨릭스, 에이드리언을 함께 만나며 관계를 이어나가지만, 결국엔 베로니카를 완전히 이해하지 못한 채로 결별한다. 두 사람의 성적인 관계는 결별 이후에 맺어지나 그것이 두 사람의 관계에 이해를 넓히지는 못한 채로 그렇게 끝나버리는 듯했다. 하지만 시간이 흐르고, 에이드리언이 베로니카와 사귀어도 되느냐는 편지를 보내는 사건이 벌어진다. 그리하여 '나'는 '나'의 기억에는 너그러운 허락을 내리는 답신을 보내고, 그 일을 잊어버린다. 졸업 후 반년 동안 떠돌이 생활을 하다가 영국에서 돌아온 '나'를 예기치 않은 불행한 소식이 맞이한다.

여기까지가 1부의 이야기이다. 2부에서는 이제 삶의 끝 무렵에 접어든 노년의 '나'에게 또 다른 편지가 날아와 다시 옛 기억을 불러낸다. 그리하여 '나'는 베로니카를 다시 찾아가 과거에 놓쳐버렸던 실마리를 다시 붙들려 하지만, 베로니카는 '내'게 아무런 해답도 주지 않는다. 그리고 '나'는 결국 알지 못했던 진실을 깨닫고 나의 추악한 말들이 남긴 여파를 오랜 세월 후에야 실감하게 된다. '나'는 평균의 양심적이고 도덕적인 인간이었던가? 자신에 대해 가졌던 이미지는 새롭게 바라본 진실과 함께 무너지고 만다.

이 소설의 반향이 컸던 건 모두가 어렵지 않게 화자에 감정을 이입했기 때문일 것이다. 누구나 나 자신을 나쁘지 않다고 생각하고 싶어 하니까. 자기가 준 상처보다는 받은 상처만을 기억하기 나름이니까. 소설 속의 '나'는 누구나 자신을 평균 이상의 운전자라고 생각하지만, 자신은 그저 자기를 평균치라고 여기면서 산다고 했다. 우리는 필연적으로 평균치가 되고 만다는 것이다. 그게 평균치의 법칙이라고. 하지만 평균치의 법칙이라고 한다면, 실은 우리 중 일정 이하는 늘 평균 이하로 산다는 뜻이기도 하다. 그것이야말로 필연적인 평균치의 법칙이다. '나'는 끽해봐야 평균이라는 뜻도 아니고, 그보다 더 못한 사람일 수도 있고 실제로 어느 경우에는 그렇기도 할 것이다. '내'가 에이드리언과 베로니카에게 보낸 답장은 도덕적으로 가혹했고, 관계적으로는 매정했으며, 자신의 자존심만 생각하는 이기심으로 가득했다. 이것이 우리의 평균이라고 하면 스스로 너무 너그러운 것이 아닐까? '나' 자신이 평균이라는 인식은 에이드리언이 한 말처럼 부정확한 기억과 불충분한 기록 때문에 우리가 자신의 역사를 유리하게 비틀고 있는 결과가 아닐까?

이를 가리키는 말로 '위비곤 호수의 법칙'이라는 심리학적 용어가 있다. '환상 우월성'이라고 치환되는 이 용어는 자기 자신의 능력을 남들보다 높게 평가하는 심리적 경향을 의미한다고 한다. 이 말은 미국의 작가이자 라디오 진행자인 개리슨 케일러의 프로그램에서 유래된 것으로, 1974년부터 2016년까지 진행되었던 〈어 프레리 홈 컴패니언〉이라는 라디오 프로그램의 배경이 바로 미네소타의 가상 도시 위비곤 호수였다. 위비곤(Wobegon)이란 이름은 '황량한, 슬픔에 찬'이라는 의미의 단어 woebegone을 연상시키지만, 슬픔이 모두 떠나가버린 woe begone의 의미로도 해석할 수도 있다. 이곳에 사는 여자들은 모두 강하고, 남자들은 모두 잘생겼고, 어린이들은 다 평균 이상이었다. 모두가 평균 이상이라는 게 이상하지만, 실제로 우리의 눈 속에서 펼쳐지는 세상은 어느 정도 이렇게 위비곤 호수와 같은지도 모른다. 적어도 나는 일에서, 사람들과의 관계에서, 행동 원칙에서 평균 이상이라는 것.

이런 현상은 쉽게 관찰된다. 인터넷에 일을 못하는 직장 동료에 대한 불평은 너무나 흔하지만, 자기가 그런 직장 동료라고 나서는 사람은 상대적으로 보지 못했다. 일을 못하는 사람은 글을 쓰지 않기 때문일까? 그럴 수도 있다(나조차도 내가 못했을 때는 쓰지 않는다!). 하지만 대체로 그 수를 봤을 때 그렇게 해서는 균형이 맞을 수가 없다. 어쩌면 스스로 일을 잘한다고 생각하는 사람이 남에게는 못하는 직장 동료일 수도 있다. 그렇게 못하는 사람이 나였을 수도 있다! 내가 도로에서 주춤거렸을 때 아마 뒤에 선 모든 차가 나를 보고 욕했을 거다. "저런 실력으로 왜 도로에 나오는 거야?"

위비곤 호수 효과는 결국 자기 계발서의 인기 있는 키워드인 자존감과 관련된 심리 상태이기 때문에 부정적이지만은 않을 것이다. 환상이라고 하더라도 열등감으로 나 자신을 괴롭히는 것보다는 더 행복할 수도 있다. '나는 평균 이하의 인간이야……'라며 괴로워하며 평생을 살기보다는 내가 남보다 낫다고 생각하는 편이 즐겁다. 환상 우월성이 있는 만큼 환상 열등감도 존재하는지도 모른다. 내가 평균보다 못한다고 생각하면, 하루하루가 지옥이다. 사람들과 자신을 늘 비교하며, 나는 왜 저 사람만큼 안 되지, 고민하는 삶이 행복할 리가 없다.

한편 위비곤 호수의 사람으로 살면서, 가장 빠지기 쉬운 것이 '내로남불의 자기합리화'이다. 내가 하면 로맨스, 남이 하면 불륜처럼 내가 가끔 일으키는 갈등은 '실수'라고 생각했고 스스로를 나쁜 사람, 못하는 운전자라고 생각하지 않으려 했다. 좌회전 차선을 놓쳐서 늦게 끼어들 수도 있잖아, 길을 잘 몰라서 머뭇거릴 수도 있잖아. 다른 사람이 하면 무능력이나 뻔뻔함의 좌표처럼 여겨지는 일들이 내가 하면 그저 능력과는 상관없는 실수라고 생각해버리려 했다. 이런 자기 환상의 행복은 과연 유지할 만한 가치가 있는 걸까? 게다가 위비곤 효과의 다른 역효과는 사회 내에 있는 위계와 불평등을 쉽사리 수긍하는 것도 있다. 나는 남보다 나으니까, 더 나은 대접을 받아도 된다. 다른 사람은 실수가 잦고, 무능해서 남에게 해를 끼치는 존재이고, 특히 내게 피해를 준다. 아마 열심히 하지 않기 때문에 저렇게 나쁜 대접을 받고 사는 거겠지, 라고 생각하게도 된다. 내가 성취한 것 뒤에 깔려 있었던 운을 당연시하게 된다.

《예감은 틀리지 않는다》의 주인공은 남이 내게 한 행동은 그들의 의도가 뭐였든 나를 무시하고 존중하지 않았기 때문에 저지른 짓이라고 생각했고, 그것이 그들의 인격을 보여준다고 여겼다. 자기가 한 말과 행동은 분노에서 일어난 일이며, 나의 상처 때문에 한 말이라고 생각하고 잊어버렸다. 다른 사람에게 그것이 어떤 여파를 가져왔는지, 다른 사람의 삶을 어떻게 바꾸어놓았는지는 결국 삶의 후반부에서 발견하게 되었다.

\\\

우리는 결국 필연적으로 평균치의 인간으로 살아간다고 반즈는 말했다. 이 평균은 잘하는 쪽의 평균일까, 못하는 쪽의 평균일까? 당신이 사는 곳이 위비곤 호숫가가 아니라면, 늘 갈등하며 쉽사리 자존감을 잃는 연약한 멘탈의 인간과 자기 합리화에 쉽게 빠지지 않는 이성적 인간 사이를 그네 타듯 왔다 갔다 할 것이다. 하지만 위비곤 호숫가에 산다고 해도, 어느 날 자신이 남긴 깊은 과오를 맞대면하지 않을 수 없는 것이 인간이기도 하다. 자신이 평균 이하의 인간일지도 모른다는 사실을 피할 수가 없다. 나는 중간은 가는 사람이라는 우리의 예감은 언젠가 틀리고 만다.

그런데 이런 경험조차도 모두에게 일어나는 삶의 평균이 아닐까. 잘못과 실수를 하지만, 평소에 잘해서 그 균형을 맞추려는 행동들. 늘 무난하게 잘하는 일직선의 평균이 아니라, 들쭉날쭉한 평균들. 우리가 좋은 쪽의 평균으로 넘어가기 위해 항상 노력해야지만 맞출 수 있는 대차 대조가 있다. 평균은 그저 되는대로 살 때 이뤄지는 가치가 아니라, 내가 남보다 못할 수도 있다는 발견에서 좌절하지 않고 이전보다 나은 사람이 되려고 노력할 때 비로소 힘겹게 도달할 수 있는 상태일지도 모른다. 평균은 평균 이하의 사람이 되지 않도록 노력하는 사람만이 달성할 수 있는 가치이다.

나와 동료 운전자들은 평균 이상이 되려고 노력하는 위비곤 호수의 사람들이다. 물론 그들도 들쑥날쑥할 때가 있겠지. 나는 나 자신이 평균보다 나은 운전자라고 생각하기 때문에 법규를 잘 지키고, 사람들에게 양보하고, 사소한 매너를 실천해야 한다는 사실을 가끔 돌이킨다. 물론, 평균 이하의 모습을 보이는 자들도 있다. 나도 그런 모습을 보일 때가 있다. 그렇지만 우리는 대체로 평균의 사람들이기에 도로에서 무사히 살아남는다. 그것만으로도 평균은 존경할 만하다.

* 줄리언 반즈, 《예감은 틀리지 않는다》, 최세희 옮김, 다산책방, 2012

\\\

3
초보 딱지를 떼며

비밀

우리끼리만 하는 말인데

이모와 무언가를 같이 하는 게 아직 어색하지 않던 십 대의 조카 1호가 내 차를 처음 탔던 날 이런 말을 했다.

"그런데 이모는 왜 운전하면서 혼잣말을 해?"

그건 교육철학자 비고츠키의 이론상, 혼잣말이 학습 촉진에 도움이 되기 때문이야……라고 대답할 수는 없었고, 그렇게 말한다면 거짓말이었다. 나는 그저 인식하지 못했던 것이다.

하지만 조카가 간과하고 있는 게 있었다. 나는 차 안에서만 혼잣말을 많이 하는 것이 아니었다. 어디에서든 혼잣말을 많이 했다. 혼잣말의 정의상, 특히 혼자 있을 때 더 많이 한다. 해야 할 일을 되뇌기도 하고, 싫어하는 사람에 대한 감정이 나도 모르게 터져 나오기도 한다. 남이 들어서는 안 될 말을 하기도 한다. 그렇지만 차 안에서 나도 모르게 혼잣말을 많이 한다는 말을 들으니 그동안 눌러왔던 강박증에 불이 켜졌다. 차 안에는 늘 나 혼자 있는 것 같고 무엇이든 해도 될 것 같지만, 실은 내가 하는 말은 모두 블랙박스에 녹음된다. 그렇게 녹음되고 지워지기를 반복하지만 누군가 열어본다면 내 독백의 비밀을 추적할 수도 있으리라.

어릴 적 추리소설을 읽으면서 역시 인간이 비밀을 지키려면 운전을 할 줄 알아야 해, 라고 생각한 적이 있었다. 사람들 눈에 뜨이지 않게, 멀리 한적한 곳까지 가려면 자기 차로 움직여야 하니까. 막상 운전을 해보니까 차가 있다고 해서 비밀을 감출 수 있는 건 아님을 알았다. 오히려 차는 나의 이동 거리를 일일이 기록하고 있다. 내비게이션이 알고, 블랙박스가 안다. 건물 주차장에 들어가면 입출차 시간이 기록된다. 혹은 아무데도 가지 않아도 그것조차 알 수 있다. 추리소설에 흔하게 나오듯이 차가 그 자리에 오래 있었다는 것만으로도 사람의 행적은 추적이 되니까.

비밀을 지킨다는 건 언제나 어려웠지만, 요새는 특히 장애물이 많다. 컴퓨터의 검색 기록, 거리 곳곳에 깔린 CCTV, 신용카드 사용 기록. 통화와 메시지의 기록. 지금 나와 대화하는 사람이 이 대화를 녹음하거나 녹화할 수도 있다. 인터넷에 무언가 썼다면 더 이상 비밀이 아니라고 봐야 한다. 비밀을 지키는 사람은 고독하고, 누군가에게도 연결되지 않고, 과묵한 사람이다(나는 이전에 이런 사람이 나오는 책, 《야간시력》을 번역한 적이 있다. 그러나 이런 사람조차도 비밀을 영원히 감출 수 없었다).

\\\

비밀은 남에게 보이기 싫어서 감추는 무엇이다. 이미 세상에서 일어난 사건일 수도 있고, 마음속에서만 일어나는 감정일 수도 있다. 일어난 사건에는 대체로 목격자가 있다. 그렇게 비밀은 만들어지고 유지된다. 그러나 무엇보다 가장 믿을 수 없는 증언자는 나 자신이다. 나는 늘 나의 비밀을 언제든지 말하고 싶어 안달이고, 마음이나 몸이 느슨해질 때 얼결에 말해버릴 수도 있으며, 말하지 않아도 은근히 내뿜는다. 비밀이 있다고 얼굴에 쓰고 다닐 때도 있다.

비밀 그 자체는 긍정적일 것도, 부정적일 것도 없는 성질이지만, 많은 경우 비난받기 쉬운 일들을 비밀로 하고 있다. 그러기에 비밀은 많은 경우 죄책감과 자매처럼 함께한다. 죄책감이 없다면, 우리는 비밀이 없거나 반대로 수많은 비밀을 언제까지나 지켜나갈 수 있을지 모른다. 그러나 죄책감은 무겁기 때문에, 사람들은 비밀을 털어놓고 가벼워지려고 한다. 그러나 비밀의 속성상 남에게 털어놓을 수가 없다. 거절과 비난과 그에 잇따른 몰락이 두렵기에.

리안 모리아티의 《허즈번드 시크릿》은 일상을 무너뜨리는 거대한 비밀을 맞닥뜨린 여자들의 심리가 중심인 여성 심리 스릴러이다. 《허즈번드 시크릿》에서는 가정의 분열에 봉착한 세 여자가 등장한다. 세 딸의 엄마이자 아내로서 정신없이 번잡한 일정을 완벽하게 소화해내던 세실리아는 남편 존 폴이 출장 가 있는 동안 다락방의 옛날 신발 상자에서 남편이 보내는 편지를 발견한다. 봉투 위의 "반드시 내가 죽은 뒤 열어볼 것"이라는 당부와 함께. 금지의 명령은 도리어 매혹적인 법, 하지만 일상을 굳게 지키고 싶은 세실리아는 그 유혹에 애써 저항한다. 한편, 남편인 윌과 자매 같은 사촌 펠리시티와 함께 광고 대행사를 운영하는 테스는 두 사람의 고백에 그간 쌓아올린 모든 것을 잃고 아들 리엄과 함께 어릴 적 살던 시드니로 날아간다. 고향에서 테스는 자신이 다녔던 세인트 안젤라 초등학교에 리엄을 전학시키면서 옛 애인이자 체육 교사인 코너 휘트비와 재회한다. 세인트 안젤라 초등학교의 비서인 레이첼 크롤리는 과거의 비극에서 아직도 헤어나지 못하고 있다. 30년이라는 세월이 지났지만 망각도 용서도 아직 찾아오지 않았다. 그녀는 코너 휘트비의 주위를 맴돌면서 오로지 증거를 찾을 기회만 노릴 뿐이다.

가정이 깨어질 위험에 처한, 갓 깨어진, 오래전에 깨어진 세 여자의 삶을 리언 모리아티는 솜씨 있는 재봉사처럼 봉합한다. 우연히 발견한 편지, 남편과 친구에게 당한 배신, 다시 살아난 과거의 유령이 세 여자의 삶을 한데 묶고 예상 못한 방향으로 끌고 간다. 여성 소설에 흔한 주제인 가정의 평화와 신뢰가 소녀의 죽음에 관한 밝혀지지 않은 비밀이라는 스릴러의 구조 속에서 발전되며 이야기는 긴박감을 더한다. 그리고 마지막에는 기이한 결말을 맺는다. 《허즈번드 시크릿》의 미국 아마존

페이지에는 무려 2만 5천 개가 넘는 리뷰가 달려 있다. 이는 이 소설이 던지는 도덕적 딜레마, 가족의 평화와 사회적 정의 실현 사이의 갈등이 전형적으로 논쟁을 불러일으키는 소재이기도 하지만, 소설의 끝에 실현되는 시적 정의에 엇갈리는 반응이 나왔다는 뜻인 듯하다.

소설과 드라마의 세계에서 강력하게 작동하는 믿음 중 하나는 비밀은 언젠가 밝혀진다는 것이다. 일일 드라마가 출생의 비밀로 시작한다면 끝에는 결국 밝혀진다. 적어도 몇 사람은 알게 된다. 소설 속에서 비밀은 드러나기 위해 존재한다. 그러나 《허즈번드 시크릿》은 그런 법칙을 순순히 따르지 않는다. 이야기의 결말은 가벼워지는 쪽으로 흐르지만, 인생의 결말은 그렇지 않다. 우리는 비밀과 함께 무겁게 묻힌다. 비밀은 대가를 치러야만 하기 때문이다.

비밀을 말하고 싶은 사람들을 위한 웹사이트가 있다. PostSecret.com은 2004년 프랭크 워렌의 아이디어에서 시작했다. 2004년 11월 그는 3천 장의 엽서를 사서, 워싱턴DC 거리에서 뿌렸다. 엽서에는 그에게 오는 주소가 적혀 있었고, 뒷면은 비어 있었다. 사람들에게 누구에게도 말할 수 없는 비밀을 자기에게 보내달라고 하여 수집을 시작한 것이었다. 전국에서 사람들은 엽서를 보냈고, 그가 뿌린 3천 장의 엽서가 사라진 지 한참이 지나고 나서도 사람들은 자기만의 엽서를 사거나 만들어서 보냈다. 2012년 TED 강연에서 워렌이 50만 장의 엽서를 받았다고 말했으니, 지금은 아마도 그보다 훨씬 더 많은 엽서가 쌓였으리라.

이름 없이 도착한 이 비밀들은 워렌의 표현대로라면 "황당한 것도 있고, 충격적인 것도 있었으며, 감정이 담긴 것들도 있었다". 동료 모르게 친 장난에 대한 이야기, 결혼했으나 남몰래 품었던 욕망, 가족을 향한 분노, 훔친 물건에 대한 이야기. 어떤 사람은 "지금 이 봉투엔 저의 유서가 들어있어요. 그러나 지금은 행복합니다"라고 써서 보내기도 했다. 사람의 인생만큼 다양한 비밀이 있었다. 그들은 주위 사람에게는 말하지 못했으나 포스트시크릿에 털어놓고 조금은 가벼워졌을지도 모른다. 비밀 공유만으로 타인에게 베푸는 친절이 되는지도 모른다.

나는 《허즈번드 시크릿》의 남은 삶을 가끔 상상해보곤 했다. 세실리아와 존은 비밀을 털어놓을 수 없었기에, 그랬다가는 자신들의 인생이 무너질 것이라고 생각했기에, 죄책감을 안고 살아가는 선택을 했다. 그리고 그렇게 그들의 인생은 원치 않은 불행의 길로 갔고, 다시는 돌이킬 수 없었다. 작가는 마지막 장면에 이르러 문제의 순간에 다른 선택을 했더라면 모두에게 찾아왔을 평행 우주의 과거와 미래를 보여준다. 그 다른 세계는 평화로웠기에, 오히려 여기에서의 비밀이 한층 더 어둡다. 아내가 알게 된 비밀, 그 비밀을 털어놓지 않기로 선택한 삶은 쓰라렸다.

윤리적이고 우아한 결론이었다면, 마음이 무거워지는 비밀은 털어놓는 것이 좋다고 했으리라. 흔히들 비밀이 내 인생을 자꾸 잡아끈다면 차라리 털어놓고 가벼워지리라 충고한다. 그리고 세상에 비밀은 없으며 모두 숨길 수는 없다는 말은 진실처럼 통한다. 그러나 어떤 사람들은, 대부분의 사람들은 세실리아의 가족처럼 비밀과 함께 침묵 속에서 산다. 그 행동에 대한 판단은 법이, 신이 내린다고 하더라도, 그 재판의 날까지는 사람들은 여전히 비밀을 안고 살아갈 것이다. 그들은 비밀을 간직한 죄에 대한 벌을 받았지만, 안타깝게도 그 벌의 방향은 죄 없는 다른 사람에게로 향했다. 그게 비밀의 가격이었다.

내가 읽은 포스트시크릿 엽서에는 지나치게 무거워서 듣는 사람이 어떻게든 감당해야 하는 비밀은 없었다. 그러나 남에게 섣불리 말할 수는 없는 비밀들이었다. 이 지구에는 포스트시크릿을 넘어서는 비밀이 화석처럼 많이 묻혀 있을 것이다. 신발 상자 속 남편의 비밀이 그러했듯이, 감추고 싶은 비밀의 무게만큼 그걸 누군가와 나누고 싶은 욕망은 커진다. 그러나 비밀은 세상에서 제일 까다로운 면접관처럼 대상을 가린다. 그걸 기꺼이 나눠 지고 싶지 않는 사람에게 털어놓았다가는 문제는 더 커지고 만다. 비밀을 들은 사람도 그에 휩쓸려버린다.

그래서 나는 비밀은 그저 차의 블랙박스와 혼잣말로 나누는 편이 속 편한 건지도 모르겠다는 생각을 한다. 우스꽝스럽고, 충격적이고, 어둡고, 한편으로는 감상적인 나의 비밀들을 들어줄 귀는 있지만, 동요는 하지 않을 친구에게 털어놓는다. 포스트시크릿도 아니고, 신발 상자도 아니고. 내 목소리 위에 덧입혀지고, 다시 지워지는 작은 상자에게. 그러나 언젠가 비밀의 보관함인 블랙박스에도 말하지 못할 비밀을 맞닥뜨린다면…… 선택을 해야 할 것이다. 영원한 침묵 속에 묻을 것인가, 환한 햇볕 속에 드러낼 것인가. 어느 쪽이든 쉽지 않은 선택이며, 양쪽 다 각자의 대가를 가져간다. 여지없이, 가차 없이.

* 리언 모리아티, 《허즈번드 시크릿》, 김소정 옮김, 마시멜로, 2015

* 카린 포숨, 《야간시력》, 박현주 옮김, 은행나무, 2014

노화

좋은 밤을 향하여 온화하게 가지 말라

2019년의 어느 날, 요샛말로 남자 사람 친구인 K를 오랜만에 만났다. K와 나는 20여 년 전쯤 인터넷 퀴즈 동호회에서 알게 된 후, 가끔 만나서 다른 사람은 별로 보고 싶어 하지 않는 마이너한 유럽 영화나 아시아 영화를 같이 보는 친구였다. 20여 년이 어느 정도의 시간인가 하면, 세이클럽에 모이던 사람들이 싸이월드로 몰려가고, 다 각자 블로그를 하다가 어느덧 페이스북을 하고, 그러다 인스타그램에서 우연히 다시 보지만 모르는 척하는 정도의 시간이다. 그들 중 몇몇은 유튜버가 되기도 한다. 그리고 20여 년의 느슨한 교우란 어떤 것인가 하면, 이런 모든 매체가 쓸려오고 쓸려가는 가운데에서도, 여러 번 전화기를 바꾸면서도 전화번호가 여전히 남아 있어, 가끔 생각날 때 연락할 수 있는 사이란 것이다.

그래서 나는 다시 K를 동네에서 멀지 않은 화덕 피자 집에서 보았다. 이번에는 2년 만이었다. K는 나한테 예전과 얼굴이 똑같고 하나도 변하지 않았다고 말했다. 2년 전이라면 그 말을 믿었을 것이었다. 나이가 들면, 시간이 가속화된다는 걸 깨닫는다. 2년이 별 큰 차이가 아닌 인생의 때가 있다. 그런 때도 이미 한참 전에 지났다. 물론, 마지막에 만난 게 1년 전이었다면 믿었을지도 모른다. 아직 1년 차이는 크지 않다고 믿고 싶은 나이이다.

K는 직장 사정으로 유급휴가 중이었고, 그래서 오랜만에 여유롭게 지내며 책이나 영화를 보고 여행을 다니는 중이라고 했다. 그리고 또, 운전면허를 딸 생각이라고 했다. K는 나보다 먼저 운전면허 시험을 봤었지만, 당시에는 "남자라면 역시 1종 수동이지!"라는 말에 넘어가 그렇게 신청했고, 면허 시험 중 오르막길에서 시동을 꺼뜨린 후로는 포기했다고 말한 적이 있었다. 지금은 "남자라면 OOO이지" 따위의 말에 휘둘릴 시절은 지났고, 재빨리 2종 오토매틱으로라도 따버릴 생각이라고 했다. 그는 그 말끝에 이렇게 붙였다.

"혼자서만은 언제까지나 걸어 다닐 수도 있고, 대중교통 이용도 별로 문제가 없는데, 나도 이제 나이가 들고, 부모님이 나이가 드시니까 아무래도 병원 갈 일이 많아져서. 매번 택시 타기도 쉽지 않고. 내가 운전을 해야겠다는 생각이 들더라."

여러 가지 면에서 지금 단계의 내 삶에 닿아 있는 말이었다. 우리는 모두 나이가 든다. 그리고 나이가 든다는 건 이제 병

\\\

원을 집처럼 자주 드나들게 된다는 뜻이다. 아무리 음식을 조심하고, 운동을 열심히 한다고 해도, 병원을 더 자주 가게 되는 건 피할 수 없다. 사고 난 적 없고, 깨끗이 관리한 차라도 연식이 오래되면 정기 점검을 받아야 하고 정비소에 자주 가서 부품을 갈아야 하는 것이 필연이듯이. 하지만 우리의 문제는 나만 나이가 드는 게 아니라 부모는 반드시 우리보다 더 먼저 늙는다는 것이다. 그리고 나도 늙어가지만, 나보다 더 늙은 부모를 돌보게 된다는 뜻이다.

나 또한 운전을 해서 어떤 현실적으로 확실한 이점이 있다고 여겼을 때는 부모님을 병원에 모시고 다닐 때였다. 운전을 오래 하며 쌓은 가장 유용한 지식은 시내 종합병원 주차장의 사정이다. 아버지는 대체로 내 차와 운전을 못마땅하게 여기는 것 같았지만(길을 잘 모른다, 차가 좁다 등), 병원에 다닐 때는 불평하지 않으셨다. 우리 모두가 늙고 쇠약해져 가기 때문에 운전이 점점 이로워지는 경우였다. 삶에서 잃어가는 활동력을 운전으로 보충하게 된다.

나이가 든다는 걸 실감하는 때는 "내가 나이가 들어보니 말이야"라는 말을 어느덧 자주하고 있을 때였다. 나이가 들지 않은 사람은 그렇게 말할 필요도 없고, 생각이 거기까지 미치지도 않는다. 노화의 가장 큰 문제는 노화에 대해서 자주, 혹은 늘 생각하게 된다는 점이다. 나이가 들어보니, 이전에 생각해보지 않았던 것들을 너무 많이 고려해야 하고, 그렇잖아도 없는 에너지를 거기에 많이 빼앗긴다. 체력 소진, 건강검진, 얼굴과 머리카락, 목, 체형에 나타나는 노화의 증거 등을 매 순간 생각하게 된다. 운전조차도 나이와 연결할 수 있듯이.

데이비드 실즈의 《우리는 언젠가 죽는다》는 이 모든 노화에 대한 피상적인 관찰을 마치 벼락 맞은 것처럼 실감하게 해준 책이었다. 《문학은 어떻게 내 삶을 구했는가》와 더불어 일종의 자전적인 회고록과 저널리즘에 입각한 관찰과 비평을 섞은 이 에세이는 어떤 면에서는 흥미롭고, 또 어떤 면에서는 흥미롭지 않았다. 원제가 'The Thing about Life Is That One Day You'll be dead'인 이 책은 우리가 다 알지만, 되새기고 싶지 않은 진실을 굳이 말해준다. 이 에세이의 한 축에서는 당시 51세였던 데이비드 실즈와 그의 97세 아버지, 14세 딸 내털리 3대의 이야기가 펼쳐진다. 다른 한 축에서는 연령에 따른 인간의 신체적 변화를 과학적으로 기술한다. 이 두 가지가 얽히면서, 인간이라면 모두 다 겪을 수밖에 없는 일반적인 노화와 죽음에 대한 사실들을 제시하는 동시에, 이런 공통적인 변화 속에 살아가는 특별한 사람들의 모습을 그린다.

이 책이 흥미롭지 않았던 건, 청년기까지의 기술에 별다른 감흥을 못 느꼈기 때문이다. 수십 년 책을 읽어오면서 나는 백인 엘리트 남성의 테스토스테론 넘치는 청소년기에 대한 회상을 너무나 많이 보았다는 느낌이었다. 동급생 여자애들에 대한 욕망, 그들의 불안한 자의식, 콤플렉스와 우월감이 섞여서 나오는 어리석은 행동들에 대한 서사는 특별하게 여겨지지 않았다. 한편 나는 회고록이라는 장르 자체에 본연적 의구심도 있다. 아니, 벌써 30~40년 지난 사건들을 (고유명사까지) 어떻게 세세하게 기억하고 있지? 어렸을 때부터 유명 작가가 되겠다고 결심하고 일기장에 다 자세히 기록해놓는 건가? 아니면 이렇게 뛰어난 기억력이 있기 때문에 작가가 될 수 있는 건가? 혹은, 글을 쓰겠다고 작정하고 자신의 과거를 탐정처럼 조사해내는 건가? 다시 한번 말하지만, "나이가 들면" 어제까지 친근하게 불렀던 이름들도 바로 기억이 나지 않는 법이다. 역시 노화에 대한 좋은 에세이 중 하나인 노라 에프론의 《내 인생은 로맨틱 코미디》에도 우리의 고유명사 기억상실증에 대한 얘기가 나오지 않는가. 《우리는 언젠가 죽는다》는 문학적으로 정교한 에세이였지만, 작가와 회고록에 대한 선입견을 가진 나는 일정한 거리감을 두고 읽어나갔다. 이 책이 중년기에 이르기까지는.

그리고 이 책의 나머지 반절은 내 인생에 대한 관점을 바꾸었다. 물론 내가 이제 도저히 부인할 수 없는 중년이 되었구나, 라고 인정할 수밖에 없던 시점에 이 책을 읽었기 때문인지도 모른다. 중년기에 대한 첫 파트에는 인상적인 인용구가 나온다. 영국의 의학자 윌리엄 오슬러 경이라는 사람이 이렇게 말했다는 것이다. "세상의 모든 쓸모 있고, 감동적이고, 고무적인 업적은 25세에서 40세까지의 사람이 이룬 것이다."(136쪽)

윌리엄 오슬러 경은 세상에 존재하는지도 몰랐던 사람인데, 그 사람의 말이 나를 이렇게 흔들 줄은 몰랐다. 아니, 25세에서 40세까지만 위대한 업적을 이룰 수 있다니. 그럼 나는 이제 끝난 거야? 창조적인 작업은 할 수 없는 거야? 데이비드 실즈는 "이 말은 사실이다"라면서 이런 좌절스러운 관찰에 못을 탕탕 박는다. 그다음부터는 무시무시한 예언적 진술이 이어진다. 창조성은 30대에 절정에 다다른 후 급격히 쇠퇴하기 마련이다. 그리고 알고 있었나? 모차르트는 35세에 죽었고, 바이런은 36세에, 라파엘로와 고흐는 37세에 죽었다고 실즈는 무심하게 말한다. 떨어지는 건 창조성만이 아니다. 우리의 신체 능력도 마찬가지이다. 관절은 이미 20대 이후로 쇠퇴(그래, 어느 순간부터 늘 관절이 쑤신다고 느꼈어!), 미각은 20대초부터 떨어지기 시작한다고 한다. 25세 이후로 점차 성적 능력은 감퇴한다. 여러분이 내가 느꼈던 우울함을 재생하지 않도록, 자세한 기술은 여기서 생략하겠다.

내 두뇌의 무게가 줄어들 날도 얼마 남지 않았구나. 그리고 실즈가 '우리'라고 말했듯이 이건 나만의 일은 아니었다. 인간은 언젠가 죽고, 나는 인간이고, 그러니 나도 죽는다는 삼단논법이 논리가 아니라 현실로 다가오는 순간이었다. 거기에는 필연적인 허무함과 공포가 있다. 하지만 실즈의 책은 그렇다고 해서, 이런 일반적인 쇠퇴의 흐름에 가만히 순응하라는 메시지는 아니었다.

이 에세이의 주인공은 97세가 된 실즈의 아버지로 70대에도 테니스를 치고, 애인을 만나고, 글짓기 수업을 들으며 왕성하게 활동한다. 실즈에게 아버지는 모두에게 닥쳐오는 노화에 대한 반증이기도 하다. 51세의 실즈보다도 아버지는 아픈 데가 적고, 매일 수영하며, 아들과 같이 간 캠프에서 더 먼저 일어난다. 우리는 모두 언젠가는 시간에 지겠지만, 그때까지는 저항하며 살아갈 수도 있다. 딜런 토머스의 시구를 빌려 표현하자면, "그 좋은 밤을 향해 온화하게 가지 말라(Do Not Go Gentle into that Good Night)"는 말이다.

나는 이 책의 모든 관점을 과학적 사실인 양 받아들이지 않는다. 가령, 우리의 생식능력과 수명, 유전자를 남기는 것에 대한 의미에 대한 진술을 절대적 공리처럼 받아들일 순 없다. 개체는 생식 임무를 다하는 순간 시간으로부터 버려지는 것이라는 명제, 실즈의 아버지로부터 아들, 다시 그 딸에 이르기까지 불멸의 유전자가 이어지는 과정이 있고, 그 대가로 죽음을 맞는다는 설명은 비혼으로 살아가는 나 같은 사람에게 의미를 주지 못한다. 쇠약해지고 언젠가는 동작을 멈출 신체에 대한 애상은 공감하지만, 나에겐 가족주의 내의 남성 시점을 벗어난 죽음에 대한 새로운 글이 필요하다. 그러나 그런 새로운 관점에 대한 필요성을 느낀 것도 이 책을 읽었기 때문이기도 할 것이다.

모두가 싯다르타처럼 출가해서 각성을 이룰 순 없겠지만, 생로병사를 대처하는 각자의 방식이 있다. 아니, 있어야 한다. 한 해 한 해 살면서 가장 절실히 깨닫는 점이다. 사람에게 오는 노화는 똑같고, 이르든 늦든 같은 길을 갈 거지만, 다 똑같은 스텝으로 걸어가는 건 아니었다. 나는 2019년 7월 〈디 애틀랜틱〉에서 우리의 직업적 퇴락이 임박하다는 기사를 읽은 적이 있었다.(https://www.theatlantic.com/magazine/archive/2019/07/work-peak-professional-decline/590650/) 그 기사도 데이비드 실즈와 비슷한 관찰에서 시작한다. 우리의 창조력은 40대 초반에 고갈될 것이고, 생산력은 점차 떨어진다. 그 기사의 저자는 이런 방법을 제안한다. 지식에는 창조적 활동과 관련 있는 유연한 지식이 있고, 이미 고착된 정보에 관련된 결정화된 지식이 있다. 즉, 젊었을 때는 창의성이 있는 일을 하고, 나이가 들면 그간 쌓은 결정화된 지식을 이용하는 일을 하는 것이 좋다는 뜻이다. 많은 작가들이 젊어서는 창작 활동을 하다가 나이가 들어서는 교수가 되는 것도 이런 식의 직업 전환이다.

하지만 나는 젊었을 때는 결정화된 지식을 전달하는 일을 했고, 의학적으로 창의력이 감소하는 시기부터 소설을 쓰기 시작했다. 기사에 나온 것과는 반대니까 잘못된 선택일지도 모른다. 이러다가 대단한 작품을 쓰지 못하면, 다른 사람들도 아마 그렇게 생각하고 말 것이다. 어렸을 때 소설을 썼더라면 더 좋은 작품을 썼을까, 생각해보지 않은 건 아니지만, 그 시기에는 소설이 써지지 않았다. 우리 모두가 생체 시계에 따라 살지는 않는다. 큰 시계를 따라가는 나만의 작은 시계가 있다고 생각한다. 밤이 오는 건 막을 수 없지만, 온화하게 가진 않는다.

자동차보험을 갱신할 때마다 하는 생각이다. 이젠 더는 젊지 않다는 생각에 운전을 배우게 되었지만 언제까지 운전을 할 수 있을까. 아마 운전을 하지 못할 때가 오면 순순히 핸들을 놓을 것이다. 눈이 침침해지고 반응속도가 떨어지고, 그렇게 되면 나와 타인의 안전을 위해서 운전은 그만두게 될 것이다. 우울하지만, 인간이 거부할 수 없는 필연적 변화이다. 하지만 그때까지는 정신 바짝 차리고, 운전대를 잡고, 어디든 가야 한다. 떨어지는 활동력을 보조하여, 늙어가는 가족과 늙어가는 나를 지탱해야 한다. 이것이 어쩌면 커다란 시계를 따르면서도 온화하게 가지 않는 하나의 방식일지도 모르겠다.

* 데이비드 실즈, 《우리는 언젠가 죽는다》, 김명남 옮김, 문학동네, 2010

* 노라 에프론, 《내 인생은 로맨틱 코미디》, 박산호 옮김, 브리즈, 2007

번아웃

꾸준하게, 멈추지 않고

어떤 봄의 금요일 오후, 차가 막히는 강변 도로 위. 나는 진땀을 흘리는 중이었다. 이 말은 은유이자 사실 진술이다. 계절답지 않게 차 안이 너무 더웠지만 에어컨을 켤 수가 없었기에 등은 땀으로 흠뻑 젖었다. 창문을 열 수도 없었다. 창문을 열면 마찰이 커져서 연료가 빨리 닳는다는 글을 읽은 적이 있었기 때문이었다. 지금 나의 상황이 그러했다. 연료 게이지에는 붉은 등이 들어왔고, 나는 이제 70킬로미터밖에 갈 수 없다. 집까지는 그보다 더 짧은 거리였지만, 차가 너무 막혀서 언제 갈 수 있을지 몰랐다. 그리고 남은 연료로 갈 수 있는 거리의 표시 숫자가 80에서 75, 70으로 뚝뚝 떨어졌다. 자동차 전용도로에서 빠져나가 주유소를 어디서 찾을지도 알 수 없었다. 연료가 떨어지면 차는 설 것이고, 나는 보험사에 긴급 출동을 요청할 수 있겠지만, 그때까지 다른 운전자들의 매서운 눈총을 받을 것이다. 그 생각을 해도 역시 진땀이 났다. 이렇게 연료가 바닥날 정도로 돌아다닌 적은 없었다. 그렇지만 그즈음의 상태를 생각하면, 연료를 채워놓지 않은 것도 놀랍지 않았다.

\\\

그 직전의 밤으로 돌아가, 나는 불을 끄고 방 안에 가만히 누워 있었다. 새벽 2시가 다 되어가는 시각이었다. 반전인 것은, 평소보다 훨씬 일찍 잠자리에 누웠다는 것이다. 수면 시간을 조금씩 당겨보기, 인생 개조 1단계의 노력이었지만 그조차 잘 되지 않았다. 양을 세는 것이 소용이 없다는 건 기억도 나지 않을 만큼 오래전에 깨달았다. 양을 세면 정신만 또렷해질 뿐이다. 누워서 다가오는 아침에 할 일들을 생각했다. 그다음 날에는 지상파방송에서 나의 의견을 이야기해야 하는 스케줄이 있었다. 제대로 잘 말할 수 있을까? 다 잊어버리면 어떡하지? 걱정할수록 잠은 한 발짝, 한 발짝 뒤로 물러났다. 마침내 나는 차의 연료가 없다는 사실까지 기억해내게 되었다. 주유소에 가려면, 평소 다니는 경로에서 벗어나야 하는데 괜찮을까? 나는 왜 연료를 미리 채워두지 않았을까? 자, 놀라운 것은 나는 그날 아침에 나올 때 주유소에 가서 기름을 채우지 않았다. 내 몸과 차가 동시에 연료 소진이 되어버린 것이었다.

운전은 몸으로 하는 것이므로, 내 몸의 상태에 민감하게 반응한다. 잠이 모자란 날은 브레이크 밟는 시점이 늦다. 신호가 바뀌는 걸 재빨리 알아채지 못할 때도 있다. 반대로 머리가 맑을 때는 어떤 돌발에도 당황하지 않았다. 일이 잘 풀리지 않아서 답답한 마음이 드는 날에는 주변 차들에게 화를 내기가 쉬웠다. 우울해질수록 차는 지저분해지고, 버리지 않는 주차 영수증이 컵 홀더에 쌓여갔다. 무력감이 더 심해지면, 제때 연료를 채워놓지 못했다. 별생각 없이 다니다가 경고등에 불이 들어오면 그때야 정신을 차리고 주유소를 찾아갔다. 그렇게 연료를 한 번 채우면 다시 그 연료가 소진될 때까지 돌아다니다가 또 한 번의 경고등에 정신을 차리곤 했다.

그 봄, 나는 공식적으로 친구들 앞에서 번아웃 선언을 했다. 내가 번아웃이라는 걸 눈치챈 건 오래됐지만, 스스로 인정할 수가 없었다. 봄은 희망이라는데, 그해는 나의 희망이 무너지는 일들로 시작했다. 기대를 걸었던 계약이 무산되었다. 오랫동안 정성을 들여왔던 프로젝트가 갑자기 끝나버렸다. 그리고 긴 시간 해왔던 일도 타인의 사정 때문에 곧 끝날 예정이었다. 매일이 느리게 걸어갔고, 나는 땅에 발을 붙이지 못한 상태로 그 시간들을 보내는 기분이었다. 쉽게 잠들지 못했고, 오래 누워 있지만 잠을 자는 시간이 짧았다. 그러나 멈출 수가 없었다. 내가 하지 않으면 아무도 대신 해주지 않는 일이 있었고, 매일을 이어가려면 쉴 수가 없었다. 차를 살 때 느꼈던 새로운 인생에 대한 의욕은 차가 낡아가면서 함께 낡아버렸다.

내가 번아웃에 대한 글을 모으기 시작했다는 것도 일종의 번아웃 증상이었을 것이다. 나는 내 생산성의 하락을 나의 게으름과 노화 때문이라고 생각했다. 문장 하나를 쓰고 인터넷에서 쓸모없는 기사를 읽느라고 시간을 보냈다. 슬럼프는 전에도 있었지만 어떤 고비만 넘기면 술술 흘러가기도 했었는데, 이제는 그런 추진력을 얻을 수 없는 것도 게으름뱅이의 본성을 통제할 능력을 잃었기 때문이라고 생각했다. 계약서를 보내야 하는데 집에서 100미터 앞에 있는 우체국에 갈 수 없었다.

2019년의 시작, 미국의 밀레니얼 세대를 번아웃 세대로 정의하는 글(https://www.buzzfeednews.com/article/annehelen-petersen/millennials-burnout-generation-debt-work)이 미국의 인터넷 세계에서 소소하게 인기를 끌었다. 나는 밀레니얼 세대보다는 나이가 있었지만, 그들과 나는 어쩌면 시대정신을 공유하는지 모른다. 〈버즈피드〉에 실렸던 이 글의 핵심은 이러하다. 소위 말해 번아웃의 증상은 아주 간단한 잡무 같은 것도 해낼 수 없는 것이다. 우체국에 갈 수 없고(나잖아!), 안 맞는 옷 환불도 미루게 된다(이것도!). 이건 게으름과는 다른 증상이다. 이제까지 우리는 꾸준히 여러 과업을 달성해왔다. 학교에 다닐 때는 대학 진학을 목표로 밤늦게까지 공부한다. 그렇게 대학에 가면 한숨 돌리는 줄 알았는데, 취업을 위해서 쌓아야 할 스펙이 너무 많다. 그렇게 하나씩 클리어해도 미션은 끝이 없고, 과업은 늘어만 간다. 성공이 아닌, 생존을 위해서만도 해야 할 일이 너무 많다. 그러다 보니 어느덧 소진되어버렸다.

다른 나라, 다른 세대의 이야기였지만, 여기 이곳의 이야기와 다르지 않았다. 내가 계약서를 보내지 않았던 건 우체국에 가는 간단한 잡무가 버거워서만은 아니었다. 계약서를 보내면 새로운 일과 책임이 시작된다. 지금 당장의 일을 마치지도 않았는데, 새로운 일을 시작해야 한다. 당연하다, 그렇게 일을 이어가지 않으면 살아갈 수가 없다. 그것이 생존이다. 하지만 가끔은 연료를 다 태우고 길에 서버린 차처럼, 어딘가에 가야 하는데도 갈 수가 없는 때가 있다. 그것이 번아웃의 정의이기도 했다. 번아웃은 신체적 증상이고, 심리적 증상이고, 삶의 패턴이 되어버린다. 방을 치워야 한다는 걸 알고 있지만 치울 수 없고, 출근해야 한다는 걸 알고 있지만 할 수 없다. 주유소에 가야 한다는 걸 알고 있지만, 할 수 없다. 무엇보다 번아웃을 극복하기 위해서 무언가를 해야 한다는 걸 알고 있지만 할 수 없다.

이 시기에 내게 도움이 되었던 책이 줌파 라히리의 《내가 있는 곳》이었다. 의외의 선택이라고 생각할지도 모르겠다. 이 짧은 소설은 46개의 장소 스케치 같은 장면들로 이루어져 있다. 이 소설의 주인공은 어떤 이름 모를 해안 도시에 사는 40대 초중반의 여성 교수이다. 이 소설의 제사로 쓰인 이탈로 스베보의 문장, "장소를 옮길 때마다 나는 너무나 큰 슬픔을 느낀다"가 이 소설의 전체 이야기를 관통하는 주제이다. 다음 장을 넘기면 주인공의 목소리로 이렇게 쓰여 있다. "나는 나이면서 그렇지 않아요. 떠나지만 늘 이곳에 남아 있어요." '내가 있는 곳'이라는 제목에서도 알 수 있듯이 주인공은, 그리고 우리는 늘 어딘가로 옮겨 다닌다. 보도, 사무실, 광장, 서점, 발코니, 수영장, 심리상담사의 집 같은 구체적인 장소도 있지만, 봄이

나 8월 같은 시간의 단위, 그리고 마음, 정신적 공간도 있다. 주인공의 고독은 늘 어떤 연결의 가능성, 그리고 그 좌절에서 흘러나온다. 어린 시절 부모와의 엇나간 관계가 준 불안은 성인이 된 후에도 이어지고, 깊은 유대를 꿈꾸었던 사람들과 잠시 이어졌다가도 멀어진다. 그렇지만 그녀는 한자리에 멈추지 않고, 늘 옮겨 다닌다. 그것은 삶에서의 추구하는 바를 멈추지 않는 의지일 것이다.

한 인간의 고립, 그러면서도 끊임없는 이동에 대한 열망을 파고드는 《내가 있는 곳》은 그 내용만으로도 충분히 힘을 준다. 내가 있는 곳은 나의 삶의 형태를 보여주며, 머무르는 삶이란 없다는 것을 깨달을 수 있기에. 게다가 이 소설은 줌파 라히리가 처음 이탈리어로 쓴 소설이라는 것도 영감을 주었다. 벵골 출신 이민자 가정에서 자란 줌파 라히리는 런던에서 태어나 미국으로 이민을 갔기에 영어로 줄곧 작품을 써왔다. 그런데 갑자기 전혀 다른 언어인 이탈리아어로 산문집을 내고, 소설까지 낸 것은 의외로웠다. 그리고 그 결과물은 (번역을 거쳤대도) 그가 영어로 쓴 산문들과 다름없이 간결하고 깊었다.

많은 작가들이 그러하듯이, 줌파 라히리 또한 어떤 거주 작가 프로그램을 통해 이탈리아에 갔다가 거기서 배우고 작품 활동을 시작했을 거라고 예상했다. 하지만. 〈가디언〉지에 실린 회고담(https://www.theguardian.com/books/2016/jan/31/jhumpalahiri-in-other-words-italian-language)에서 작가는 자신의 이탈리아어를 "국외자로서, 분리의 상태에서 일어난 일"이라고 밝혔다. 1994년 피렌체에 여행이 이탈리어를 직접적으로 접한 처음이었고 그 후에는 기회가 별로 없었다. 그래서 독학용 책을 샀다. 라틴어 지식이 있었던 작가는 초급 문법을 쉽사리 익혔지만, 독학으로는 충분치 않았다. 결국 초급반에 등록하고, 숙제도 하고, 시험도 보았다. 2000년에 다시 베니스를 여행할 때는 어느 정도 이탈리어가 갖춰졌다고 느꼈으나 결국에는 제대로 된 회화를 할 수 없었다고 한다. 다시 미국에 와서도 이탈리어를 연마하려고 했지만, 같이 나눌 사람이 없었다. 어학원에 가고, 연습을 하고, 임신 중에도 개인 교습을 쉬지 않았다. 그렇게 이어갔다. 그러다가 결국 로마로 이주를 결심하게 된다.

언어를 배우는 게 쉬운 일이 아님은 익히 알면서도, 외국어를 습득하기 위한 성인의 지속적인 노력은 새삼 감동적인 데가 있었다. 한 언어를 정교하게 쓰는 작가이기에 다른 언어도 그만큼 쉽게 배웠으리라고 나 혼자 속단했던 것 같다. 그러나 어려운 일은 누구에게도 마찬가지이다. 지속적인 연습, 개인 교습을 받으러 가는 지난한 길, 낯선 이국에서의 삶. 뭐 하나 쉽지 않았지만, 꾸준히, 천천히 해나갔다. 그리고 그 결과물 중 하나가 바로 《내가 있는 곳》이라는 아름다운 소설이었다.

이 책이 나의 번아웃을 치유했다고 하면 거짓말일 것이다.

\\\

하지만 나는 적어도 그 순간에는, 한 번에 멀리 나아갈 수는 없다는 사실을 받아들이고 약간은 편안해졌다. 꾸준히 해야 오히려 지치지 않는다는 것도 새삼 알게 되었다. 줌파 라히리가 누군가 이렇게 전심을 다해 오래 노력하고 결과를 냈다는 사실에 자극을 받았다. 꼭 단기간에 뭔가를 이루어내야 하는 것은 아닐 것이다. 여러 가지 과업은 달성해야 하지만, 조금씩 시간을 들여 해나갈 수 있을 것이다. 아니, 시간을 들여서 조금씩 해나가는 것 이외에는 달리 방법이 없다. 이처럼 마음을 먹는다고 상황이 달라지는 건 아니지만, 상황이 달라지지 않기에 마음만이라도 달리 먹어야 한다. 그래야 나에게 맞는 리듬을 찾아 걸어갈 수 있다.

연료가 떨어진 채로 오래 서 있는 차는 배터리도 방전되고 달리기 힘들어진다. 연료를 채우고 조금씩 달리면서 다시 나를 끌어올릴 수 있게 되었다. 작은 잡무를 해나가는 일상의 루틴을 도로 찾기까지는 시간이 걸리겠지만, 서서히 궤도에 올라가게 될 것이라는 믿음이 있다. 전속력으로는 갈 수 없어도 조금씩 나아간다. 어차피 그 누구도 한자리에 머무를 수는 없기 때문이다. 우리는 늘 움직여 간다. 그곳이 어디든 간에.

* 줌파 라히리, 《내가 있는 곳》, 이승수 옮김, 마음산책, 2019

애착과 이별

내 운명에 동승한 사랑하는 무생물

2007년, 미국에서 한국으로 돌아왔을 때 썼던 휴대전화는 '울트라슬림'이라고 하는 바 형태의 핸드폰이었다. 지금의 스마트폰과 비교하면 기능이 아주 단순했고, 그때는 다양한 기능이 필요 없기도 했다. 그 와중에 옛날의 다마고치처럼 강아지를 키우는 게임이 있었다. 지금이야 포켓몬도 잡고, 고양이든 개든 다양한 동물을 키울 수 있지만. 게임이라고 해봤자 시간 맞춰 먹이를 주고 산책을 시키고 씻기고 재우는 등 아주 단순한 루틴만 수행하면 되는 것이었다. 그걸 제대로 못하면 개가 굶거나 꾀죄죄해진다.

이 사이버 강아지를 열심히 키우게 된 2007년은 집에서 키우던 진짜 강아지가 죽은 해였다. 15년 동안이나 키웠던 개였다. 그 시기는 개인적으로도 이별의 연속이었다. 집에서는 다시 강아지를 키우지 않을 것이었고, 누군가와 이별한다는 건 너무 힘든 일이기에 그 과정을 다시 되새기고 싶지 않았다. 대신에 사이버 강아지에 정성을 쏟았다. 시간에 맞춰 들어가 먹이를 주고, 산책을 시키고. 별다른 일을 하지 않았지만, 무언가에 주의를 기울인다는 건 그만큼의 성의와 노력이 필요하다. 그리고 주의를 기울이는 대상에게는 늘 애착이 생긴다. 가끔은 제대로 챙겨주지 못해 초췌해지거나 더러워지면 마음이 아팠다. 화면 속의 강아지는 나를 보면 혀를 내밀고 꼬리를 흔들고 반가워하는 것밖에 아무것도 하지 않았지만, 그래도 위안이 되었다.

하지만 모든 관계에는 또한 이별이 있다. 죽지 않는 기계라고 해도 마찬가지이다. 이 경우에는 기술혁명이 있다. 스마트폰이 오고, 나도 어쩔 수 없이 전화를 바꾸자, 오래된 울트라슬림은 서랍 속으로 들어가고 잊혔다. 그 안의 강아지조차 잊혔다. 매일 어떤 애정을 주었던 존재인데, 이젠 찾지 않게 되었다. 핸드폰의 시대 변화에 대해서는 큰 감상이 없었지만, 그 강아지는 가끔 생각난다. 전원을 켜지 않으니 그대로 있겠지만, 그대로 더러워졌을까, 초췌해졌을까. 아직도 기다리고 있을까.

흔히들 그러듯이 나도 어린 시절 물건에 애착을 가졌다. 물건에 이름을 붙이고 오래 소중히 여기며 같이 놀았다. 밖에서 놀지 않는 내게는 미미 인형이 친구가 되어주기도 했다. 그러나 인형들과 함께한 즐거운 기억은 있어도, 어떻게 헤어졌는지는 기억이 없다. 초등학교 고학년이 되면서, 엄마가 다 치워버린 걸까? 다른 장난감들이 생기면서 점점 흥미를 잃어버린 건가? 어렸을 때 껴안고 잤던 인형의 최후는 어땠을까? 오래된 닌텐도 게임기는 언제부터 보이지 않았을까? 처음 받고 기뻐

했던 휴대용 카세트플레이어는 지금 어디에 있을까? 모두 다 휴대폰 전화기 속의 강아지와 같은 운명이었다. 〈토이 스토리〉에서는 장난감과의 이별이 무척 애절하게 그려지지만, 많은 경우 이별은 그저 망각과 같은 말이다. 〈토이 스토리〉의 앤디처럼 충실한 친구가 되기란 쉽지 않다.

인생은 무언가를 얻고 좋아하고 식어버리는 과정의 연속이다. 애착이 없는 인간은 없다. 대상이 꼭 사람이나 생물이 아니라도, 물건 혹은 현실에 존재하지 않는 허구의 개념일 뿐이라도, 거기에 지속적인 시간과 노력을 들이고, 가상의 상호작용을 하고, 같은 경험을 공유하고, 아끼고 소중히 여기고 사랑한다. 그러다 어느 날 서서히, 혹은 갑자기 마음이 멀어지고, 그러다 잊어버린다. 대체로 영원히 이러한 과정을 반복한다.

차를 사기 위해 나는 여러 사이트를 돌아다니며 관찰했다. 자동차는 내가 이전에 샀던 물건 중 (집을 제외하고는) 가장 비싼 것이었으며, 대부분의 사람들에게도 마찬가지일 것이다. 홈쇼핑에서 티셔츠 하나를 살 때도 신중하게 고르는데, 차처럼 비싼 물건일 때는 말할 것도 없었다. 하지만 사람들이 자동차에 갖는 감정은 값비싼 물건 쇼핑 이상이었다. 자동차는 경제력과 계층, 라이프스타일과 취향의 기호처럼 여겨진다. 그에 자신의 일부를 맡기는 건 충분히 이해할 수 있지만, 어떤 사람들의 열정은 그 이상이었다. 차에 이름을 붙이고, 쉬는 날이면 꼼꼼하게 청소하며, 어디 하나 긁히기라도 하면 재빨리 보수한다. 물건을 아낀다는 건 가끔은 그저 실용성 이상의 감정이었다.

나 또한 감상적인 것으로는 누구에게도 지지 않으므로, 그만큼은 내 차를 사랑했다. 차가 내게 주는 생활의 편리를 좋아했지만, 그보다 더 짙은 감정이 치밀 때도 있었다. 한밤에 검은 도로를 달릴 때, 세상에 나와 내 차만 있다고 느낄 때, 이 쇳덩어리에 어떤 동반자적인 감정을 느꼈다. 내 차는 물론 SF 영화나 애니메이션에 나오는 자동차들처럼 말을 하거나 생각을 하지는 못하지만, 나의 손과 발의 움직임에 맞춰줄 때면 상호작용을 한다고 느낄 때도 있었다. 차가 상할까 봐 되도록이면 실내 주차장에 세우고, 돈 들여서 손 세차만 했다.

그러나 애착은 시간과 함께 다른 방식으로 변모해간다. 처음의 들뜸은 사라지고 그 자리에 편안함이 자리 잡는다. 편안함은 이제 곧 소홀함으로 바뀌어간다. 뜨거운 햇볕을 쬐어 색이 변색될까, 비를 맞아 얼룩질까 실내 주차장을 찾아 몇 바퀴를 돌던 것도 과거의 일, 이제는 어디든 가장 가까운 데 세운다. 아직도 손세차를 맡기지만, 주기가 길어졌다. 여전히 살뜰한 감정은 있지만, 차에는 점점 세월의 흔적이 묻었다. 언젠가 이 차를 쉽사리 팔거나 폐차하게 될 때가 올 것이다. 어느 날에는 내 인생에서 사람은 없고 인간은 늘 고독하며 친구는 쇳덩어리 너뿐이야, 라고 생각했대도, 시간이 흐르면 그렇게 잊을 것이다. 그 생각을 하면, 아주 옅은 죄책감을 느끼기도 했다.

이런 감정은 합리적일까? 우리가 살아 있지 않은 물건에 애정을 어디까지 품을 수 있을까? 〈토이 스토리〉의 앤디처럼 대학생이 되어도 장난감을 버릴 수 없는 걸까? 정리 전문가 곤도 마리에는 마음을 설레지 못하게 하는 물건은 버리고, 감상을 남기는 물건은 사진으로 찍어 남기고 버리라고 했다. 곤도 마리에의 가르침과 〈토이 스토리〉의 감상성 사이 어딘가에 우리의 애착이 존재한다.

테드 창의 단편집 《숨》에 실려 있는 중편소설 〈소프트웨어 객체의 생애 주기〉는 애정의 신체성과 비신체성을 이야기한다. 근미래, 혹은 다른 세계, 블루 감마라는 회사에서 뉴로블래스트 게놈 엔진을 이용해서 온라인 플랫폼에서 키울 수 있는 인공지능 생명체, 디지언트를 만들어낸다. 귀여운 어린 생명체 아바타인 디지언트들은 애완동물이나 어린아이를 키우듯이 주인이 시간과 노력을 들여 가르치면 다양한 지적 기술을 수행한다. 동물원 사육사로 일한 경력이 있어 디지언트의 훈련을 맡은 애나와 디자인을 담당하는 데릭은 디지언트의 삶에 깊이 관여하며 점점 애착을 느낀다. 처음에는 소프트웨어일 뿐이었던 이 가상의 친구들은 로봇이나 동물 등의 형태를 갖추고 움직일 수도 있게 된다.

그러나 애완동물이든 게임 캐릭터든 공들여 키워 본 사람들이 겪는 비극이 디지언트의 주인들에게도 일어난다. 블루 감마는 폐업하고 더 이상의 업그레이드는 불가능해진다. 더 많은 시간, 더 큰 비용을 들여야 디지언트의 삶을 유지할 수 있다. 뉴로블래스트 게놈의 디지언트들이 살 수 있었던 가상공간 데이터어스가 리얼 스페이스라는 다른 플랫폼과 통합되자 문제는 더욱 커진다. 다른 엔진을 사용하는 디지언트들은 떠났지만, 애나와 그녀의 디지언트 잭스는 황량한 마을에서 유령처럼 해매야 한다. 디지언트의 생애 주기와 그들이 사는 운영 체계의 수명은 나란히 가지 않는다. 많은 이용자가 디지언트를 유기견처럼 내버리는 상황에서, 떠나지 못하는 사람이 해결해야 할 과업은 차츰 늘어 버거워진다.

애나와 데릭과는 달리 우리 대부분은 낡아서 더는 업그레이드할 수 없는 개체를 버리게 된다. 우리의 서랍 속에 한동안 남겨졌던 타마고치, 닌텐도 동물의 숲(요즘 새로운 버전이 다시 인기다) 같은 것들의 운명이 그러했다. 인간과 다른 육체의 존재, 혹은 네트워크 바깥 세계에 형태를 보이지 않는 개체와 감정적 연결을 유지하는 삶은 평탄하지 않다. 타인에게 의혹 어린 눈길을 받기도 하며, 이해하지 못하는 가족과 갈등을 빚기도 한다. 물리적 형태의 인간이 아닌 대상과 더 가볍게 사귈 수 있다고 생각하는 사람들이 있다. 로그아웃하면 사라져버리는 관계, 내가 포기하면 없어지는 존재라고.

나는 늘 관계는 뼈와 살이라고 생각하는 경향이 있었다. 내가 매일 접촉하는 많은 무생물에 어떤 애착을 느낀다고 해도, 우리는 서로 관계를 맺을 수 없다. 너에게는 아무 감정도 없으니까. 나는 늘 《모던 타임스》에 나오는 대화를 기억했다. "사람은 뭐로 이루어져 있는데요"라는 질문에, "그야, 피랑 근육이랑 뼈 아니야?" 하고 대답하는 부분이다.(622쪽) 그렇게 애착은 껴안으면 따뜻하고, 베이면 피 흐르는 존재에게 느끼는 감정이라고 이해했었다.

하지만 우리의 마음은 피와 근육과 뼈로만 되어 있는 건 아니다. 온라인상의 소프트웨어에게 애정을 느끼기도 한다. 우리의 애정은 육체와 생명의 외피를 관통하는 힘이 있다. 사람은 육체가 보이지 않는 형태의 존재도, 가상 세계의 지능으로서 태어나 아바타로만 보이는 생명이라도 사랑한다. 껴안을 수 없다 해도, 상처 주면 아프고 버림받으면 괴로워하며 나를 기억해주는 존재가 사랑스러우니까.

〈소프트웨어 객체의 생애 주기〉는 생명이라는 개념에 질문을 던지는 이야기지만, 애착이라는 차원에서는 대상의 지성이나 감성이 크게 중요하지 않을 수도 있다. 타지에서 혼자 살 때, 나는 무릎 위에 올려놓은 노트북에게 가장 위로받기도 했다. 타인의 따뜻한 온기 같은 건 없을 때, 접촉의 온기를 주는 물건이 위로가 된다. 외로움과 추위에 몸을 떨며 차 안에 탔을 때,

나를 감싸주던 따뜻함에 단순한 신체적 안락감 이상의 안정을 받은 경험은 누구에게나 있을 것이다.

tvN 시트콤 드라마 〈막돼먹은 영애 씨〉의 시즌 8, 6화에서는 영애가 일했던 '아름다운 사람들'에서 오랫동안 쓰던 차 코순이를 폐차하는 장면이 있다. 영애의 직장 동료인 지순은 직장 생활을 함께했던 코순이를 폐차해야 하는 아쉬움에 눈물을 펑펑 흘린다. 과장인 서현이 구박하며, 이런 똥차가 뭐가 아쉽냐고 하자, 지순은 코순이는 자기 인생의 첫 차였다고 화를 버럭 낸다. 집이 없는 자기에게는 집과 같았고, 현실에는 없는 친구와 같았다고. 첫 차를 폐차해 본 사람은 이해할 것이다. 많은 사람에게 집이 되고, 친구가 되는 차가 있다. 차뿐 아니라 많은 무생물이 그렇게 친구가 되어준다. 우정은 오로지 살아 있는 대상이 내게 해주는 어떤 도움과 관심에서만 느끼는 것이 아니다. 내가 주의를 기울이고, 관심을 준 시간과 노력에서 우러나는 것이기도 하다. 무생물에게만 환대를 받는다는 기분이 들 때가 있고, 그럴 때 어떤 애착이 시작된다.

나의 차, 이 특정한 개체에게 느끼는 감정도 비슷하지 않을까. 나와 생사를 같이하는 어떤 물건에. 네가 안전해야 나도 안전하고, 네가 위험하면 나도 위험한 운명 공동체의 물건에. 물론 너는 나이 들 것이고, 나는 죄책감 없이 너를 다른 물건으로 대체할지도 모르지만…… 너의 생애 주기가 끝나더라도, 너의 영혼이 (만약 있다면) 어떤 폐허의 세계를 혼자 헤맬지라도 우리가 한때 여러 길을 함께 달렸다는 건 잊지 못할 것이다. 그때 느꼈던 강한 연결의 감정을 영원히 기억할 것이다. 애착은 기억과 추억을 남긴다. 그렇게 삶의 한 마디가 맺힐 것이다.

* 테드 창, 《숨》, 김상훈 옮김, 엘리, 2019

* 이사카 고타로, 《모던 타임스》, 김소영 옮김, 웅진지식하우스, 2017

\\\

한밤의 강변도로

일체감의 환희와 떠날 때의 애정

운전의 좋은 점은 운전을 시작한 후에야 비로소 발견된다. 물론 필요로 시작했지만, 실제로 얻은 이점은 내게 필요하다고는 생각도 해보지 않았던 것들이었다.

운전을 하면 장거리를 더 원활하게 다닐 수 있다. 지극히 당연한 말이다. 하지만 내게는 이 장점이 당연하지 않고 새삼스럽게 느껴졌다. 그것도 그럴 것이 나는 웬만하면 장거리를 다니지 않으니까. 재택근무자로 살아온 지 오래되었고, 그나마 정기적으로 다니는 출근지도 집에서 가까웠다. 어렸을 때는 멀미가 심해서 멀리 다니지 않았고, 나이가 든 후에도 가끔 이웃나라를 여행하는 것 이외에는 많이 돌아다니지 않았다. 근교에 여행 갈 때는 철도와 버스, 택시로 충분하다고 여겼다.

무엇보다도 내게는 물리적 거리가 마음의 장벽이나 다름없었다. 먼 곳은 아예 가지 않는다. 갈 마음도 품지 않는다. 멀리 있는 것을 갈망하지 않고, 갈망하는 것이 멀리 있다면 포기

한다. 오래전에 친구 S와 신사동의 술집에서 나눈 이야기가 떠오른다. 당시 나는 지금은 무산되어버린 연애 에세이를 구상 중이었고, 우리는 원거리 연애를 주제로 이야기를 나누었다. 그때의 나는 연애 관계의 성공률은 택시 미터기와 반비례한다고 생각했었다. 요금이 많이 나올수록 연애의 가능성은 멀어진다는 가설이다. 그때 S는 말했다. "나는 독도수비대로 간 사람과도 연애할 수 있어. 좋아만 한다면." S와 나의 연애관 차이는 "독도수비대" 한 단어로 요약되었다.

거리가 멀기 때문에 독도수비대에 근무하는 사람은 좋아할 수 없는 내가 몇 년 전 소위 '덕질'을 시작했다. 즉, 연예인을 파기 시작한 것이었다. 덕질에는 여러 스펙트럼이 있다. 그 대상이 간혹 방송에 나오면 챙겨보고, 동영상 클립을 찾아보는 정도로도 덕질이 가능하다. 하지만 '파다[掘]'라는 동사와 병치할 수 있는 명사는 반드시 깊이를 내포한다. "누구를 판다"라고 말하면, 그에 대해서 한도 끝도 없이 깊이 탐색해 들어갈 수 있어야 하는 것이었다. 덕질이 일으키는 언어적 변화는 이것뿐만이 아니다. 그 대상의 이름, 하나의 고유명사는 어느 순간 동사로 변화한다. 내가 뽀로로의 팬이라면, 나는 이제 "뽀로로를 한다"라고 말할 수 있고, 그것이 나의 정체성의 일부를 구성한다.

그러나 내가 "하는" 그 사람은 어떻게 보면 독도보다도 훨씬 더 먼 사람이었다. '스타'라는 은유가 과연 그러하지 않은

가? 빛의 속도로 움직이지 않으면 얼굴도 보기 힘들다. 덕질하는 팬들의 바이블 같은 소설, 이희주의 《환상통》에서 팬은 따라다니는 사람이 아니고, 앞서가서 기다리는 사람으로 정의된다. 후에 내가 방송국에 주기적으로 일하러 다니게 되었을 때 목격하던 광경이기도 했다. 방문객 엘리베이터를 타고 1층 로비로 가면, 그날 라디오 방송을 녹화하러 온 아이돌을 기다리는 팬들이 카메라를 들고 몇 시간째 기다리고 있고는 했다. 그 중에는 외국인들도 적지 않았다. 먼저 앞서서 기다리려면 더 많은 시간을 들이고, 더 먼 거리를 가야 했다.

이 덕질의 시기가 내가 운전의 효용을 가장 절실히 느낀 때이기도 했다. 운전을 시작하고도 일상적으로 다니는 생활 범위에서 벗어난 적이 없었다. 멀리 갈 때는 반드시 돈과 관련된 일이 있었다. 익숙하지 않은 길은 피했다. 그렇지만 팬이 되고서는 가본 적이 있건 없건 중요하지 않았다. 한밤중에 낯선 도로를 달리는 것도 개의하지 않았다. 운전을 하지 않았대도 상관없었을 것이었다. 그를 만나기 위해서 다른 도시에 가고, 해외도 갔으니까.

내 인생에서 가장 아무런 이득을 기대하지 않고 몰입하던 시기였다. 그것에는 원시적인 융즉(融卽, participation)에 가까운 감정이 있었다. 단어의 사전적 정의대로 “세계의 객관성과 타인의 타자성”에 개의하지 않고, 그 대상의 실체보다 그 너머의 존재에 몰입하는 집단적 열광에 나도 참여했다는 뜻이다.

누군가의 팬인 적이 없었던 사람들은 타인에게 그렇게 몰두하는 열정에 회의를 나타내고는 한다. 내가 좋아하는 대상이 어쩌면 그 사람 자체보다 이미지뿐일 수도 있다는 걸 나도 알았다. 내가 느끼는 이 애정이 수없이 많은 대중과 공유하는 열정이라는 것도. 그렇다고 해서 그 감정의 절대성은 사라지지 않았다. 밤하늘에 유난히 크고 밝게 보이는 슈퍼 문이 그저 지구와 위성의 위치와 거리가 빚어낸 현상임을 알지만, 두 손 모아 소원을 빌게 되는 것과 비슷했다. 누군가를 팬으로 좋아한다는 건 이런 신비스럽고 마술적인 감정이었다. 그리고 이전에는 밝게 떠오른 슈퍼 문을 보고 나의 성공과 성취를 빌었다면, 이제는 내가 좋아하는 그가 건강하고 행복하기를 빌었다. 모든 사랑의 감정에 이런 일체감이 포함된다. 그 대상이 웃을 때 같이 웃고, 울 때 같이 운다. 팬으로서의 몰입은 이렇게 두 가지 레벨에서 이루어진다. 만난 적도 없는 타인의 삶에 나의 삶을 일치시킨다. 그리고 이런 감정을 수없이 많은 얼굴도 모르는 타인들과 함께한다.

이런 강렬한 몰입의 경험이 장거리 야간 운전도 마다하지 않게 하는 동력이었다. 나는 친구의 독도수비대 비유를 이해할 수 있게 되었다. 나는 평생 내가 집단이나 개인과 일치감을 느낄 수 있는 사람이라고 생각해 본 적이 없었다. 내가 다녔던 학교는 신입생을 대상으로 집단 응원 오리엔테이션을 열었다. 나는 여러 사람이 동시에 구호를 외치는 장면에서 놀라서 뒷걸음질 쳤다. '이건 정말 나와 어울리지 않아'라고 생각했다. 나중에는 학교의 집단 문화에 익숙해져서 구성원의 하나로 의무적으로, 혹은 사교적으로 참가하긴 했지만, 나의 영혼은 늘 유체이탈한 듯 허공에 떠서 그런 나를 내려다보고 있었다. 나의 참여는 특정 대상보다는 사안에 집중하는 쪽에 가까웠다. 스포츠 경기나 정치 집회 같은 것들은 그런 유의 일치감에서 참여할 수 있는 것들이었다. 하지만 팬이 된다면 개별 이벤트의 성격이 중요하지 않았다. 그 사람이 하는 활동이니까 의미가 있었다. 콘서트에 가서 동시에 응원법을 외치는 것도 전혀 어색하지 않았다……고 하면 거짓말이고, 그래도 긍정적인 자세로 크게 위화감 없이 하나가 될 수 있었다.

그러나 타자성이 없는 몰입은 개인을 자각하는 순간 균열이 인다. 나의 경우에는 그때가 바로 콘서트가 끝나고 돌아오는 차 안이었다. 이런 감정 또한 개별적이지 않았다. 나만의 고유한 감상도 아니었다. 많은 팬이 현실을 자각하는 순간도 이때라고 고백하는 걸 들은 적이 있었다. 그렇게 먼 길을 가서, 오랜 시간을 기다려 얼굴을 보고, 수만 관중과 열정적인 일체감의 몇 시간을 보내고 돌아오는 길, 갑자기 생경한 감정이 찾아든다. 너무도 좋아하는 감정을 동시에 느끼고 있다는 환상에서 목덜미를 잡힌 듯 끌려 나온다. 그곳에서는 그 무엇도 개별적이지 않았기에, 모두 흩어지고 비로소 혼자가 되었을 때 자기를 직시할 수 있었다.

낯선 어두운 길 위의 가로등이 차창을 스쳐 갈 때, 개체로서의 나를 다시 한번 실감하곤 했다. 열정이 식었다는 것은 아니다. 여전히 충만했고 기뻤지만, 마음 한구석에서는 이런 기쁨이 어떤 환상적인 신비감이며 언제까지나 지속할 수 없었다는 걸 선명하게 알았다.

그런 밤의 어둠과 그 속에 스민 여러 감정의 덩어리를 기억하려 할 때 떠오르는 책이 바로《노래하던 새들도 지금은 사라지고》이다. 의외의 선택이라고 생각할지도 모르겠다. 이 책은 지금 고백한 일상적인 감정과는 다른 디스토피아적 미래를 그린 SF이기 때문이다. 1976년에 출간된 이 소설은 과거에 쓰였지만, 우리에게 언젠가 올지 모르는 미래를 그리며, 늘 그 자리에 있었던 현재적 감정을 묘사한다.

3부로 구성된 이 소설은 현재의 인류가 파멸되어 가는 시점에서부터 시작된다. 급속도로 퍼지는 오염, 오래전에 0으로 떨어져버린 인구증가율, 질병의 확산과 빈번해진 홍수와 가뭄, 사막화. 파멸의 징조 앞에서 섬너가의 사람들은 종말에 대비한다. 과학자인 데이비드는 자연 임신이 불가능해진 인류를 이어가기 위해 생명 복제를 실험하고 마침내 성공한다.

\\\

1부에서 데이비드가 만들어낸 클론들은 서로 똑같이 행동하고 사고하며 분리되지 않는다. 원래의 인간이 모두 사라진 2부에서 클론의 다음 세대들은 이 단일성을 존재의 기본 조건으로 여기지만, 자기만의 고독을 발견한 개체가 등장하여 분열을 일으킨다. 3부에서는 모두가 혼자인 새로운 인류가 기다린다. 고립을 받아들일 때 인간은 비로소 인간이 된다.

모두 다른 개체가 똑같은 감정을 느끼는 단일성의 경험, 그것이 주는 안정감, 그리고 그것을 다시 넘어섰을 때 느껴지는 새로운 환희가 있다. 데이비드가 만들어낸 새로운 인류는 원시적인 일체감 속에서 살아간다. 같은 외모, 유사한 성격, 그렇게 모두가 함께하는 활동. 거기에서 솟아나는 열정과 평화. 하지만 이는 지속되지 않는다. 인간은 반드시 개체로서 존재하는 순간이 있다. 수많은 형제자매들과 함께 살아가던 몰리는 자꾸 자기만의 개별성을 찾는다. 그렇게 이 새로운 복제 인류는 자신을 찾아간다.

팬이 된다는 건 누군가를 선택해서 일치되고자 하는 활동이다. 그의 성공과 좌절을 같이 하면서, 수많은 다른 팬들과 같은 목표를 갖는다. 소위 '팬덤'이라는 집합명사가 갖는 의미가 그것일 것이다. 그 감정의 근원이 한 사람에 대한 열정에서 왔다. 그에 대한 애정을 모두가 공유했고, 그러기에 같이 움직였고, 거기에는 약간 초월적인 황홀감이 있었다.

시적인 제목 '노래하던 새들도 지금은 사라지고'는 셰익스피어의 소네트 73번에서 따왔다. "그대 내 안에서 그 계절을 보겠지/ 노란 잎이 한둘 남은, 혹은 다 떨어진/ 나뭇가지는 차가운 바람에 흔들리고/ 노래하던 고운 새들도 사라져 폐허가 된 마른 성가대석."

이 소네트는 죽음을 앞둔 노인이 연인에게 전하는 노래라고 한다. 여기에는 스산한 서정이 있다. 나뭇잎이 떨어진 나뭇가지처럼, 해가 지고 스러져가는 빛처럼, 마지막으로 타오르고 남은 재처럼 이제 이 세상을 떠날 생명에 대한 시구이므로 종말을 말하는 이 소설에 어울린다. 하지만 이 소설에 가장 어울리는 건 이 소네트의 마지막 행이다.

> "(임박한 죽음을) 깨달은 당신, 사랑이 더 강해져/ 머지않아 두고 갈 것을 더 잘 사랑하리라."

나는 여전히 누군가(들)를 좋아하고, 그를 지지하는 활동을 하지만 이전과는 다른 감정이다. 이제는 좀 더 안온한 감정의 응원이라고 할까. 그렇게 같이 웃고, 같이 울던 시절이 있었기에 다다를 수 있는 단계이기도 하다. 팬으로 살았던 몇 년간 정말 많은 걸 하고, 많은 곳에 갔다. 매 순간 이전에는 느끼지 못한 종류의 기쁨을 느꼈다. 그런데도 지금 가장 소중하게 떠오르는 기억은 그런 기뻤던 사건들이 아니라, 함께하고 혼자 돌아오던 길의 광경이다. 손 아래에 차갑게 느껴지는 운전대, 띄

엄띄엄 차가 지나가던 도로, 차창 너머 한강 위로 흐르는 불빛, 이제는 그렇게 갈망하던 몰입에서 깨어나 개체가 될 수밖에 없었던 찰나. 누군가와 강하게 연결되었다 끊어지고, 다시는 그렇게 이어질 수 없겠구나, 이 몰입의 시절도 끝나는구나 예감했던 순간에 찾아온 감미로운 슬픔을 기억한다. 머지않아 그를 두고 떠나리라는 걸 알았던 그 날 한밤의 도로에서 나는 나의 아이돌을 가장 사랑했다.

* 케이트 윌헬름, 《노래하던 새들도 지금은 사라지고》, 정소연 옮김, 아작, 2016

* 이희주, 《성장통》, 문학동네, 2016

반성과 자책

만약 ……하지 않았더라면

운전을 하지 않는 사람들이 운전에 대해서 제일 많이 하는 말은 "운전은 무섭잖아요"가 아닐까 싶다. 나 또한 그런 생각에 오랫동안 운전을 하지 못했다. 여기서 말하는 두려움의 감정은 내가 통제할 수 없는 것에 목숨을 맡긴다는 데서 나온다. 운전을 하면 내가 피해자가 될 수도 있고, 가해자가 될 수도 있다. 도로 위에 '어제 시내 교통사고 사상자 수' 게시판을 예전처럼 무심하게 지나칠 수가 없어졌다. 거기 떠 있는 숫자 중 하나가 언제든지 내가 될 수 있었다. 누군가를 그런 숫자로 만들 가능성도 있었다.

자동차로 인해 내가 겪은 이런저런 사고 중에서 가장 심각했던 사고는 아이러니하게도 운전 중에 일어난 일은 아니었다. 내가 처음으로 쓴 소설 《나의 오컬트한 일상》에도 소재로서 등장하는 일이지만, 나는 운전을 시작하고 얼마 되지 않아서 자원봉사하러 다니던 미술관 주차장에서 미끄러져서 다리가(정확히는 대퇴골이) 부러졌다. 태어나서 처음으로 받아보는 수술, 그것도 응급수술이었다. 갑작스레 당한 일이라 황망하기도 했다. 결과적으로 수술은 잘 되었지만, 한 달은 전혀 걷지 못했고, 그 후로도 한동안 목발을 짚어야 했으며, 2년 동안 추적 관찰을 했다. 오른 다리에 괴사가 오지 않을까 하는 걱정을 늘 달고 살았다. 지금도 피곤할 때면 기분 탓인지 몰라도 그쪽 다리부터 저리다.

아툴 가완디의 《어떻게 죽을 것인가》에서 "매년 35만 명의 미국인이 넘어져서 고관절 골절상을 입"고, "그중 40%가 결국 요양원에 들어갔고, 20%는 다시 걷지 못했다"(55쪽)는 구절을 읽고 몸서리쳤다. 물론 대다수의 고관절 골절 환자가 노인이고, 나는 사회에서는 더는 어리지 않지만 골절 환자 무리에서는 단연 어린 사람이었으므로 이런 확률에 속하지 않았다. 사고에서 정상적인 삶으로 돌아오는 것만으로도 운이 좋다. 하지만 운이 좋아지기 전까지는 사고에 대해 반복적으로 생각하기도 했다.

사고가 일어나면 책임이 누구에게 있든 간에, 먼저 여러 가지 가정법을 떠올리게 된다. 그때 만약 이렇게 했더라면, 혹은 하지 않았더라면 사고는 일어나지 않았을까? 어두운 병실, 옆 침대 환자가 코를 고는 소리를 들으며, 나는 수많은 '만약'을 떠올리곤 했었다. 내가 선택하지 않은 수많은 '만약'의 상황들은 후회의 눈물방울처럼 허공에 떠다녔다. 만약 미술관 바닥이 미끄럽지 않았다면. 만약 내가 재빠르게 공중제비를 세 바퀴 돌아 착지했더라면. 만약 내가 미술관에 자원봉사를 다니지 않았다면. 만약 내가 운전을 하지 않았다면. '만약'은 얼마든지 거슬러 올라가서 늘어질 수 있다. 후회를 내포한 과거에는 모든 실현되지 않은 현재가 존재한다. 후회를 어느 지점에서 멈추지 않으면, 태어난 것까지 후회하게 된다.

다시 한번 반복하지만 나는 운이 좋았다. 이 사고에서 다친 건 나뿐이니까. 남까지 다치게 했다면 그때부터 만약의 조합은 점차 복잡해진다. 돌이킬 수 없는 사고, 그 사고를 낸 잘못을 안고 살아가는 이야기라면 피에르 르메트르의 《사흘, 그리고 한 인생》이 있다. 1999년, 숲과 접한 마을 보발에 사는 열두 살 소년 앙투안은 엄격한 어머니 밑에서 자라며 고독감을 느낀다. 비디오게임을 금지한 어머니 때문에 또래 친구들과도 멀어진 앙투안이 애정을 주는 대상은 옆집 데스메트 씨 네 집 개 윌리스와 동네 여자애 에밀리이다. 어느 날, 윌리스가 차에 치이는 사고가 난다. 데스메트 씨가 고통을 끊어주기 위해 엽총으로 윌리스를 쏴 죽여버리자 앙투안은 좌절한다. 그렇게 생겨난 분노를 앙투안은 데스메트 씨의 여섯 살 난 아들 레미에게 충동적으로 쏟아내고 만다. 자신의 죄와 시체를 숲속에 묻어버린 소년, 그러나 죄책감은 수색이 진행된 사흘 동안, 그리고 그의 인생 동안 앙투안을 따라다닌다.

범죄 후 괴로웠던 사흘이 지나자 자연의 힘으로 앙투안의 죄는 숨겨진다. 하지만 12년 뒤 역시 또 예기치 않은 자연현상으로 그의 죄는 수면 위로 떠오른다. 거기에 새로 저지른 잘못이 결합되자 그의 인생은 걷잡을 수 없는 방향으로 흘러간다. 그는 이제 결정해야 한다. 과거의 잘못을 감추기 위해 자기에게 주어진 굴레와 누명을 받아들일 것인가? 아니면, 과거의 잘못을 인정하고 벗어날 것인가? 앙투안의 선택은 그가 예상하지 못한 방식으로 인생을 완전히 바꾸어놓는다. 그리고 4년이 흐른 후에 드디어 앙투안은 진실을 깨닫는다. 죄와 두려움, 사랑과 침묵, 회피와 회개의 씨실과 날실이 만드는 거대한 운명의 옷감을 마주하는 소설이다.

앙투안이 레미에게 저지른 일은 사고였다. 그리고 반드시 되갚아야 할 죄이기도 했다. 하지만 앙투안이 자신의 잘못에 대처하는 방식은 일반적인 속죄와는 달랐다. 열두 살 소년은 어떻게 해야 했을까? 만약 앙투안이 자기가 저지른 잘못을 현장에서 고백했다면, 이 이야기는 끝이 난다. 아마 앙투안도 수없이 그런 만약을 떠올렸을 것이다. 만약 지금이라도 자백한다면…… 그래서 지금 이렇게 볼모로 잡힌 삶을 끝낼 수 있다면. 하지만 앙투안은 결국 자신의 행동이 일으킨 여파를 받아들인다. 사흘의 거짓말로 평생을 저당 잡혔지만 돌이킬 수가 없다. 죄가 만천하에 드러나고, 사회정의의 이름으로 판결받기를 바라는 이들은 《사흘, 그리고 한 인생》의 결말에 만족하지 못할지도 모른다.

\\\

내가 사고를 생각할 때 이 책을 떠올린다는 건 내 마음속 깊은 두려움의 표현일 것이다. 내가 당한 사고는 남에게 책임을 돌릴 수도 있고, 누구를 원망할 수도 있고, 하다못해 동정받을 수도 있다. 하지만 내가 사고를 낼 수 있다는 건, 운전자일 때뿐만 아니라 인생 자체에 내재된 공포였다. 우리는 언제든 잘못할 가능성이 있다. 잘못은 찰나인데, 갚아야 하는 시간은 평생이다. 그것이 인생의 계산서이다.

자신의 잘못을 되새기고 그 행동의 무게와 대가를 받아들이는 것, 그리고 그에 대한 속죄를 다짐하는 것이 반성이라고 한다. 인간 사회의 윤리는 우리가 무언가를 잘못했을 때는 반성을 해야 한다고 촉구한다. 하지만 나는 《사흘, 그리고 한 인생》을 읽고 반성과 자책은 다른 차원의 감정이라고 느꼈다. 그리고 인간이 진정한 반성에 이를 수 있는가 하는 의문이 생겼다. 내가 이제까지 겪은 자잘한 사고들, 혹은 사고가 날 뻔한 사건들에서 나는 잘못이 있었지만 진심으로 반성하기는 힘들었다. 다만 수없이 자책은 했다. 그때 왜 순간 차를 돌렸지? 그때 왜 좁은 골목으로 들어갔지? 계속 리와인드를 한다. 왜 차를 가지고 나왔지? 왜 여기서 약속을 잡았지? 그렇게 올라가다 보면, 차를 산 것을 후회하고, 운전면허를 딴 것을 후회하고, 태어난 것을 후회하게 된다.

또, 반성이 아닌 자책은 타인도 탓하게 한다. 정확히는 타인에게 휩쓸린 자기를 탓하게 된다. 《사흘, 그리고 한 인생》에서 데스메트 씨가 개를 죽이지 않았더라면 앙투안은 그렇게 큰 분노를 느끼지 않았을 수도 있다. 앙투안이 분노하지 않았더라면 레미를 죽게 만든 실수를 저지르지 않았을 수도 있다. 앙투안은 평생 이 분노에 대해서 몇 번이나 생각했을까? 그것은 자책의 감정이지만, 반성은 아니었을 수도 있다.

자책도 어느 정도까지는 충분히 유용한 감정이다. 나의 행동 패턴을 점검하고, 실수를 반복하지 않으리라 다짐하며, 일어난 사건에서 나의 책임을 인정한다. 그렇지만 나는 늘 진정으로 반성하게 되지는 않았다. 의도와 달리 흘러간 일에 나의 잘못을 뼈저리게 통감하기는 어려웠다. 그것이 어쩌면 인간의 어떤 본성인지도 모르겠다고 생각한다. 혹은, 아직 그런 정도의 일을 겪지 않아서일 수도 있었다. 이언 매큐언의《속죄》에 나온 깊은 후회와 속죄의 감정보다는,《사흘, 그리고 한 인생》에서 앙투안이 겪는 마음의 상태가 내게 좀 더 가까웠다. 실수했지만, 잘못했지만, 어쩔 수 없었다고 믿고 싶었다. 나는 그 책임을 어쩔 수 없이 지고, 그로 인해 달라진 인생을 받아들이지만, 그 잘못 때문에 내가 용서받을 수 없는 인간이라고, 사악한 인간이라고는 생각하기 싫었다. 사람은 어느 정도 자신의 잘못과 보통의 죄를 다르게 정의하고 있을 것이다. 잘못과 죄가 동일하다고 여기기란 쉽지 않다.

반성과 회개와 속죄는 윤리적으로 극상의 감정일 것이다.

\\\

어떤 의미에서 가장 종교적인 태도이기도 하다. 누군가 나의 죄를 심판할 존재가 있다는 확신하에 일어나는 감정. 그렇지만 경건하지 못한 나는 그런 감정을 쉽게 획득할 수는 없었다. 나는 늘 자기를 합리화하는 데 능했다. 반성하지 못하는 나 자신에 대해서 혐오감을 느꼈지만, 그래도 나는 그런 나를 안고 살아가야 했다. 거기서 나온 타협안이 만약을 떠올리는 자책이었다. 그리고 그로 인해 책임을 질 수도 있었다. 그래서 잘못을 적게 저질렀던 이상적인 나는 《속죄(Atonement)》를 읽고 무척 감동했었다. 'At one'을 품은 속죄, 어톤먼트는 '하나, 화합, 일치'라는 뜻에서 왔다. 신과 내가 (예수의 희생을 통해) 하나가 된다는 뜻이다. 그러나 나는 자책은 해도 신과 하나가 될 수 없다는 것을 안다. 그렇지만 그 사이의 거리에서 앙투안처럼 자기의 운명에 주어진 일들의 무게를 스스로 받아들일 수 있지 않을까, 하고 연약한 인간인 나는 생각했다.

사고가 일어나면, 잘못이 발생하면 자기 책임을 인정하고 받아들인다. 운전자가 되면 가장 먼저 각오해야 하는 일이었다. 그것은 운전뿐만 아니라 우리가 예상할 수 없는 일들이 가득 벌어지는 세상에 태어날 때 이미 받아들여야 하는 원칙이었다. 숭고한 이들은 반성에 이를 것이다. 신과 하나가 될 것이다. 그러나 숭고한 사람이 되지 못한 인간도 혼자서 그 결과를 짊어진다. 《사흘, 그리고 한 인생》처럼.

* 피에르 르메트르, 《사흘, 그리고 한 인생》, 임호경 지음, 열린책들, 2018

* 이언 매큐언, 《속죄》, 한정아 옮김, 문학동네, 2003

* 아툴 가완디, 《어떻게 죽을 것인가》, 김희정 옮김, 부키, 2015

* 박현주, 《나의 오컬트한 일상》, 엘릭시르, 2017

\\\

첫 고속도로 운전

위로와 생명의 빵

T의 첫아이는 오랫동안 아팠다. 수모세포종이라는 뇌종양 진단을 받고 4년 동안 수술과 화학치료를 하면서 병과 싸웠다. 그 전투가 마침내 끝났음을 T는 문자로 전했다. 일요일 오전이었다. "12시 35분에 하늘나라로 갔어요"라는 한 줄이었다. 일주일 전에 아이는 의식을 잃었지만, 의사의 예상보다도 더 오래 가족들 옆에 머물다 갔다.

장례식은 T의 가족이 사는 평택 미군 기지에서 열릴 예정이었다. T의 현재 남편은 미군이었다. T는 문자를 보낼 때 "장례식장은 무대 안에서 할 계획입니다"라고 오타를 냈다. 나는 처음에 그 말을 제대로 알아듣지 못하고, "무대 안에서?"라고 반문했다가, 곧 "부대 안에서"임을 깨달았다. 장례식은 우리의 마지막 무대, 라스트 스테이지라는 은유가 순간 스쳐갔다. 셰익스피어의 말대로 세계는 하나의 무대, 그리고 모든 인간은 배우인 것. 무대에 오르는 순서가 정해져 있는 줄 알았는데, 삶의 우연성은 이를 다 뒤집어놓는다. T의 아이는 고작 열네 살이었다.

화요일 저녁, T는 장례식이 목요일 아침 9시라고 다시 알려주었다. 그리고 민간인의 캠프 출입이 쉽지 않으니 참석할 사람은 미리 인적 사항과 차량을 등록해야 했다. 나는 차를 가지고 갈지 약간 망설였다. 한 번도 고속도로 운전을 해본 적이 없었다. 아침에 도착하기 위해 새벽에 출발할 엄두는 나지 않았으므로 전날에 출발해서 근처 사는 동생네에서 자고 아침에 떠나야 했다. 그렇지 않으면 기차를 타고 가는 방법도 있었다. 하지만 캠프까지 가는 길도 쉽지 않고, 캠프 입구에서 식이 열리는 채플까지 가려면 누군가의 차를 얻어 타야 했다. 장례식에 참석하는 한국인들은 낯선 사람들이어서 그것도 쉽지 않았다. 나는 망설였지만, 결국 차를 가지고 가기로 했다.

사람들은 대체로 고속도로 운전은 시내 운전보다 쉽다고 말한다. 빨리 달릴 뿐, 한길로 쭉 달려가면 된다고. 그 말은 아마도 사실이겠지만, 나는 복잡한 것보다 빠른 것을 더 두려워한다. 모두가 빨리 달려야 하는 상황을 좋아하지 않는다. 하지만 멀리 가기 위해서는 길을 압축하는 속도를 받아들여야 한다. 내게는 멀리까지 가야 할 필요가 그때까지는 많지 않았으나, 친구 사이에 일어나는 어떤 사건은 필요를 넘어선다.

오후에 출발했으므로, 길은 대체로 순조로웠다. 평일이라 고속도로에는 여유가 있었고, 그 어떤 차도 나를 크게 위협하지 않았다. 고속도로 운전이 그렇게 어렵지 않다는 사람들의 말도 사실이었다. 하지만 내 맘에는 여유가 쉽게 찾아들지 않았다. 엄마는 휴게소에 들러서 맛있는 것도 사먹으라고 했으나, 그럴 여유가 있었다면 애초에 고속도로 운전을 두려워하지도 않았을 것이다.

또 다른 난관은 요금 내기였다. 내 차엔 하이패스 장치는 있지만, 하이패스 카드는 없었으므로 나는 교통 카드를 준비했다. 집 근처에 터널이 있어서 인터체인지를 지나 본 경험이 있었고, 교통 카드로 요금을 낼 수 있다는 건 알았기 때문이었다. 하지만 막상 고속도로에 진입해서는 티켓을 받는 데 실패하고 말았다. 빠져나가는 요금소에서 티켓 없이 카드만 내밀었고, 친절한 요금 징수원 분의 도움으로 무사히 나갈 수 있었다.

장례식 당일, 몇 안 되는 조문객들이 모이기로 한 곳은 캠프 험프리 동창리 게이트 앞 주차장이었다. 거기까지 가는 길은 내가 평생 갈 일이 있으리라고는 상상해보지 않은 낯선 시골길이었다. 길은 한적했고, 11월의 아침은 비현실적으로 빛났다. 우리가 있는 현실이란 아이의 죽음이 남긴 슬픔이 깔린 어두운 곳, 한편으로는 새 해가 늘 떠오르는 밝은 곳이기도 하다.

공교롭게도 부대 앞 주차장에는 차가 유난히 많았다. 주차를 하고 한국인 조문객의 차를 얻어 타고 들어가려고 했었으나 차를 세울 자리가 마땅하지 않았다. 어떻게 할까 망설이는 그 짧은 순간에 나는 혼자 들어가야 한다고 결론을 내리고 출근하는 차들의 행렬 사이로 끼어들었다. 문 앞에 있는 직원에게 장례식장에 왔다고 말하니, 나이 지긋한 남직원은 내 차를 다른 레인으로 안내했다. 방문객용 출입문이 따로 있는 모양이었다. 그쪽 입구에서는 젊은 얼굴에 차분한 빛을 띤 한국인 남성 군인이 명단을 보고 내 이름과 차 번호를 확인했다. 그는 내게 물었다.

"가는 길은 아십니까?"

"아뇨, 모르는데요……."

알 리가, 당연하게도 미군 부대 안은 내비게이션에도 잡히지 않는다. 군인은 동정적으로 곤란한 표정을 지었다.

"뭐라고 설명해야 할지……."

나는 그의 책임을 넘어선 부담을 지우고 싶지 않았다. "뭐, 제가 알아서 가볼게요."

마틴 스트리트에서 오른쪽으로 돌아 스미스 스트리트로…… 거기서 퍼시픽 빅터스 애비뉴로……. T는 내게 인터넷에서 캡처한 지도와 문장으로 된 설명을 주었지만, 21세기의 우리는 음성 안내가 없는 맵은 볼 수 없는 운전자가 되어버렸다. 캠프 안에서 길을 찾는 건 작은 미국 마을 속에서 운전하는 거나 다름없었다. 어느 순간 나는 그저 감으로 나아가고 있었다. 통행하는 차들은 적고, 도로는 구획이 잘 되어 있으니, 자신의 도시계획적 상식을 믿고 인디언헤드 애비뉴만 찾으면 되는 것이었다.

놀랍게도 걱정했던 것보다 쉽게 찾을 수 있었다. 다시 한 번 나 자신의 도시 인류학적 이해에 감탄하던 찰나, 진입해야 하는 스트리트를 놓치고 말았다. 하지만 걱정이 없다. 여기는 바둑판같은 미국식 블록의 지역, 어디선가 돌아설 수 있을 것이었다. 곧 친구가 말한 워리어스 채플이 눈앞에 나타났다. 단층의 삼각형 지붕 건물은 어딘가 북쪽 동네 느낌이었다. 주차를 할 때는 정복을 입은 여성 군인들이 자리를 지정해주었다.

채플 입구에서도 군인들이 기다리며 장례식 식순을 담은 안내장을 나누어 주었다. 장식적인 글씨체로 In Loving Memory라고 쓰인 첫 장에는 아이가 아직 건강했을 때의 사진이 있었다. 들어설 때, 아이의 친아버지와 잠깐 눈인사를 나누었다. 친구의 모습은 보이지 않았다. 아직 와 있는 조문객도 많지 않았다. 그중에서 군인이 아니고, 한국인인 사람은 나뿐이었다. 나는 신도석 두 번째 줄에 가서 앉았다.

장래식 이틀 전인 화요일, 몇 시에 올 수 있는지 확인하려고 T가 전화했을 때, 내가 차마 하지 못한 말이 있었다. 미국식 장례식에서는 식이 시작하기 한 시간 전부터 뷰잉(viewing)을 한다. 즉, 관 속에 누운 고인에게 꽃이나 기념품을 바치는 의식이다. 그리고 장례식이 시작하면 관을 닫는다. 한국에서는 흔치 않은 장례 문화였고, 나는 차마 아이의 모습을 볼 자신이 없었다. 나는 친구에게 식에만 참석할 수 있겠느냐고 물었고, 친구는 의아하다는 듯 대답했다. "그러면 T짱의 마지막 모습을 볼 수 없어요."

자리에 앉아 조문온 군인들이 관에 꽃을 넣는 모습을 찬찬히 바라본 후 나도 앞으로 나가 그들이 하던 대로 흰 장미꽃을 집어 들었다. 친구의 말이 맞았다. 장례식은 남은 가족을 위한 것이기도 하지만, 근본적으로는 세상을 떠난 사람에게 예를 표하는 일이었다. 그의 모습을 마주하지 않는 건 T의 관점에서는 장례식의 본질이 아니었다. 나는 이제껏 죽은 사람의 모습을 한 번도 본 적이 없었다. 두려웠다. 평상복을 입고, 낯선 장례식 분장을 한 아이에게서는 '작다'라는 느낌이 가장 먼저 다가왔다. 그 외에는 그저 잠들어 있는 것처럼 보여서 안심할 수 있었다. 삶과 죽음의 경계가 작은 몸에서 선명히 느껴지지 않았다. 죽음이 아이를 두렵게 만들지 않았다. 친구가 일본에 살 당시, 그 집에 놀러가서 며칠씩 머물렀기에 아이의 어린 얼굴은 익숙했다. 그건 장례식 안내장에 있는 얼굴이었다. 하지만 아이가 한국에 오고, 아픈 이후에는 만난 적이 없었다. 며칠 전 병원에 있을 때 처음 보았다. 그리고 이제는 그 고통이 떠나버린 얼굴을 마주할 수 있었다. 나는 꽃을 넣고, 잠깐 기도를 한 후 자리로 돌아왔다.

식이 시작되기 직전에야 T를 만날 수 있었다. 아이가 아팠던 4년 만에 처음으로 나는 T가 눈물을 한껏 쏟는 모습을 보았다. 아픈 아이를 둔 어머니의 가슴속에 얼마만큼의 눈물이 흐르고 있었을지 감히 짐작도 할 수 없지만, T는 이제까지 적어도 내 앞에서는 한 번도 대놓고 운 적이 없었다. 이제 고통이 끝나고, 아픔이 사라지고, 부재만이 남은 지금에서야 울 수 있었다. 나는 고작 손을 한 번 잡아주었다.

\\\

군목이 단상에 오르고 장례식이 시작된 후에도 T는 울음을 그치지 않았다. 나조차도 일주일 전에 병원에 다녀왔기에 슬픔에는 익숙해진 줄 알았는데, 그렇지 못했다. 아이의 아버지들이 각각 나와서 추도사를 할 때였다. 아이의 친아버지는 모국어가 아닌 말로 '내 아들이 자랑스럽다고' 말하며 눈물을 채 삼키지 못했다. 그 순간 아마 지금 이 장례식에는 이들이 가족으로서 태어나던 때를 기억하는 사람은 나밖에 없을지도 모른다는 생각이 들었다.

이 아이가 태어난 다음 날 병원에 갔었다. 2006년, 밸런타인데이 즈음이어서 선명히 기억난다. 그때는 차도 없고 운전도 못해서 버스를 몇 번 갈아타고 가야만 했다. 그날의 공기도, 회색 하늘도 떠오른다. T는 아이를 안고, 아이가 다른 아이들보다 크다고 웃었다. 그전에 T는 임신 당뇨를 주의하라는 진단을 받았었기에, 먹는 걸 조절하고 주사를 맞아가면서 아이를 기다렸었다. 몇 년이 흐르고, 일본에서 다시 이 가족을 만났다. 이들은 아이가 초등학교에 입학하고 매년 기념사진을 찍었고, 그중 한 번, 오사카 근처의 이바라키에 있는 사진관에 나도 따라간 적이 있었다. 지금 교회당 내부의 스크린에 떠오른 아이의 웃는 얼굴이 그 시절에 찍은 사진이었다. 사진 속 아이가 입고 있는 티셔츠는 내가 일본에 갔을 때 선물한 옷이라고 이전에 T가 알려주었다. 나는 그건 기억하지 못했었다.

그렇게 소중하게 키운 아이였지만 더 이상 같이 있지 않다.

다음으로는 아이의 또 다른 아버지가 나와서 새로운 추도사를 시작했다. 아이의 짧은 일대기가 낭독되었다. 아이는 과학을 좋아했다. 빵을 좋아했다. 가족들은 함께 세계 곳곳을 여행했다. 스크린 위에 아이가 입을 벌리고 빵을 베어 무는 사진이 이어서 나타났다. 가라앉은 공기 속에서도 웃음들이 솟았다. 나중에는 딱딱한 빵은 먹기 힘들었지만, 그래도 마지막까지 많이 먹었다고 그는 말했다.

추도사가 끝나고 다시 모습을 드러낸 군목은 봉독할 성경 구절로 〈요한복음〉 6장 35절부터 40절까지를 골랐다. 한국어 개역개정 성경에는 "예수께서 이르시되 나는 생명의 떡이니"로 번역된 구절이지만, 킹 제임스 버전에는 "And Jesus said unto them, I am the bread of life"라고 쓰인 부분이다. 아이가 좋아하는 빵에서 착안해서, 군목이 어떤 문맥을 잡았을지 이해할 수 있었다. 생명의 빵을 만난 사람은 절대 굶주리거나 목마르지 않다. 그리고 영생을 살게 된다. 마지막 날에 다시 살아날 것이다.

나는 종교적 신앙이 없지만 이 비유만은 무척 직관적으로 감각할 수 있었다. 성경 이외에도 내가 기억하는 문학작품이 있기 때문이다. 레이먼드 카버의 〈별것 아닌 것 같지만, 도움이 되는 일(A small good thing)〉이다. 이 단편에서 주인공 앤은 토요일 오후 아들 스코티의 생일 케이크를 맞추기 위해 제과점에 간다. 월요일 아침에 케이크를 찾으러 가기로 했지만, 바로 그

날 생일을 맞은 스코티는 친구와 함께 걸어가다가 차에 치인다. 아이는 금방 일어나서 집으로 돌아가 어머니에게 그 사고를 말하고, 어머니가 의사에게 전화를 하는 동안 아이는 소파에 누웠다가 정신을 잃는다. 아이가 의식 없는 채로 병원에 누워 있을 때, 집에 이상한 전화가 걸려온다. 전화를 받은 건 아이의 아버지 하워드이다. "찾아가지 않은 케이크가 있어." 하워드는 사정을 모르기에 기분 나쁘고 이상한 전화라고만 생각한다. 그 후에도 울려서 받으면 말없이 끊기는 전화가 이어진다. 아이가 깨어나지 않는 시간도 이어진다. 그렇게 막막한 기다림의 시간 속에서 이번에는 앤이 또 한 번 그 이상한 전화를 받는다. 스코티에 대한 일. "스코티를 잊었어?"라고 묻고 끊어버린 전화선 너머의 남자. 앤은 스코티가 걱정되어 병원에 연락해보지만 아무 변화는 없고, 앤과 하워드는 뺑소니 운전수일지도 모른다고 의심하지만 사실을 알 길이 없다. 그리고 수요일 아침, 스코티는 잠시 눈을 떴지만 아무 말도 못한 채 마지막 숨을 내쉰다.

집에 돌아온 앤과 하워드는 집 안에서 아이의 부재를 실감하고, 이제 아이 없이 살아가야 하는 삶에 익숙해져야 한다는 사실에 고통스럽다. 주변 사람들에게 상황을 알리려고 전화를 돌리는데, 갑자기 그 정체 모를 전화가 온다. 이 불쾌하고 불길한 남자는 당신의 스코티를 준비해놨다고 말하고, 앤은 폭발하고 만다. 남자가 전화를 끊은 후에 앤은 그 사람의 목소리를 기억해낸다. 케이크를 주문한 제과점의 제빵사 목소리였다. 앤과 하워드는 한밤에 쇼핑센터로 달려가고, 제과점의 문은 닫혔지만 불빛이 새어나온다. 앤이 문을 두드리자 제빵사가 문을 연다. 앤과 하워드는 제빵사와 긴장 속에서 대치한다. 제빵사는 밤까지 일해야 하는 지친 남자일 뿐이다. 앤은 제빵사에게 전화에 대해 추궁하며, 아이가 죽었다고 말한다. 하워드는 그에게 부끄러운 줄 알라고 한다. 제빵사는 앞치마를 벗고 그들을 바라본 후 자리를 권한다. 그리고 용서를 구한다.

제과점 안은 따뜻했다. 하워드와 앤의 코트를 받아 건다. 제빵사는 커피를 따르고, 크림과 설탕을 탁자 위에 올려놓는다. 그리고 갓 구운 롤을 권한다. 그는 말한다. 먹고 계속 나아가야 한다고. 먹는 건 이런 시기에는 사소하지만 좋은 일이라고. 앤과 하워드는 따뜻한 롤의 냄새를 맡고 포크를 든다. 그리고 그들은 아침까지 이야기를 나눈다.

군목의 말을 들으며, 레이먼드 카버가 요한복음의 이 구절을 알았을까 잠깐 생각해보았다. 알았을 수는 있지만, 아이의 죽음과 빵과 위로의 결합은 우연일 수도 있다. 염두에 두지 않은 연결일 수도 있다. 그러나 그 정신만은 모든 인류에게 공통적일 것이다. 신은 우리를 먹이신다, 아무리 힘든 시기에서도. 그리고 다시 일어날 것을 약속한다. 군목은 부활에 대해 이야기하고 있었다. 위로와 힐링이라는 말은 이제 너무 얄팍하게 쓰이지만, 거기에서 나는 정말로 깊은 위로의 감정을 발견했다. 나의 고통과 상실이 아니기에, 잃어버린 사람들의 마음을 헤아린다고 말하는 것조차 미안하다. 그렇지만 누군가 위로를 시도할 때, 그것은 슬픔을 겪은 한 사람에게만 전해지는 것은 아니었다. 그 자리에 있는 모든 사람에게 전해진다. 생명의 빵은 신에게서, 낯선 사람에게서 와서 모두를 구원한다.

나는 그 설교 내내 울었다. 아이가 태어나 병원에 가던 겨울날, 낯선 블록을 돌던 그 버스 여행이 생각나서. 일본에 갔던 여름, 아이가 동네 여름 축제에서 했던 북 공연이 떠올라서, 그리고 지금 스크린에 떠오른 사진 속 티셔츠를 골랐던 기억으로 인해서, 그리고 그 전 해에 선물했던 점퍼 때문에 울었다. 2018년, 나는 의정부에 사는 T를 찾아갔었다. 빈손으로 갈 수 없어서, 큰 아이와 작은 아이를 위해 옷을 한 벌씩 샀다. 그러나 오랜만이었기에 사이즈를 짐작할 수 없었고 나이로 어림짐작해서 살 수밖에 없었다. T는 고마워했지만, 큰 아이가 아파 보통 아이들보다 작기에 지금은 좀 클 거라고 했다. 그 옷은 이제는 영영 맞을 수 없다. 그렇게 오지 않은 기회 때문에 나는 울었다.

나는 내 친구의 슬픔 때문에 울었고, 이 중 얼마만큼이 나와 관련된 감정인지는 알 수 없었다. 오래 마음으로 가까이 지낸 친구의 비극이었기에 괴로웠을 수도 있고, 아이를 잃는다는 건 보편적으로도 너무 큰 비극이기 때문에 슬펐을 수도 있다. 나와 그의 가족들에 관련된 추억 때문에 마음이 아팠을 수도 있다. 이는 친구의 개인적 상실이고, 한 명의 아이를 잃는 인류 전반의 비극이었다. 나는 그 슬픔을 다 이해하지 못한다. 타인의 비극을 아무리 상상하려고 해도 내 것이 되지는 못한다. 그러나 그것은 또한 나의 슬픔이기도 했다. 우리는 빵을 나눠먹고, 이야기를 하고, 한 번도 와본 적이 없는 길을 지나 서로 만나러 올 수 있는 사이이다. 그렇기에 슬픔조차 나눌 수 있다. 슬픔의 주인이 누구인지 알 수 없는 그 날 내가 발견한 위로의 의미였다. 어쩌면 누구의 슬픔인지 알 수 없다는 것 자체가 서로에게는 위로가 되는 일일 수도 있을 것이다.

* 레이먼드 카버, 《대성당》, 김연수 옮김, 문학동네, 2014

\\\

고독

혼자 가는 길의 외로움과 자유로움

운전하지 않던 시절, 역시 운전하지 않는 친구와 운전의 장단점을 이야기한 적 있다. 그때는 우리 둘 다 운전의 필요성을 깊이 느끼지 않았다. 그렇지만 친구는 이럴 때는 운전하면 좋을 것 같다고 생각한 적도 있다고 했다. 어떤 때인가 하면,

"혼자 영화를 보러 갔는데, 끝나고 불이 확 들어올 때 있잖아. 그때는 대중교통이나 택시를 타지 않고 차를 타고 돌아가면 좋을 것 같다고 생각해."

오해 말기를. 이건 단지 혼자 영화를 보는 일이 쓸쓸하다는 이야기가 아니다. 다만 나는 이런 식으로 운전의 효용을 생각해 본 적은 없었기에, 이 말을 한참 생각했다. 그렇게 한동안 잊어버리고 있다가 어느 날 혼자 심야 영화를 보러 갔을 때 이 대화를 떠올렸다. 늦은 밤 택시를 탄다는 불안감을 처리할 수 있다는 안도감과는 별개의 문제로 빨리 그 자리를 떠서 혼자가 될 수 있는 가능성에는 또 다른 편안함이 있었다.

친구는 혼자 영화를 보는 일의 어려움을 "영화가 끝나고도 같이 감상을 나눌 사람이 없는 것"이라고 말한 적이 있었다. 그 때가 바로 혼자임을 실감하는 순간이다. 영화관의 어둠 속에서는 모두가 다 집중하고 있다. 옆 사람의 존재를 인식할 필요도 없다. 스크린과 관객이라는 구분만 있고, 그 안에서는 스크린을 응시하는 모두가 같은 감각을 공유하는 하나의 존재이다. 극장 안 모두가 같은 대상에 몰입하는 원시적 마법의 시간. 그러나 불이 들어오는 순간 이런 합일의 감정은 깨어지고 만다. 다들 각자의 감정과 함께 극장 안 의자에 남겨지고, 그 여운을 동행과 나누기도 한다. 그럴 때 혼자라면, 그 상태를 비로소 자각하게 된다.

그러나 왜 차를 타고 그 지점을 떠나는 것이 덜 고독한 일이 되는 걸까? 나도 분명히 유사한 감정을 느꼈으면서도 이 질문에 대한 답은 내리지 못했다. 어차피 차를 탄다고 해도 혼자가 아닌 것은 아니며, 돌아와야 하는 거리도 동일하다. 직접 운전하는 차를 탐으로써 외로움을 덜 수 있다면, 외로움이란 무엇이란 말인가?

올리비아 랭의 《외로운 도시》는 인간을 괴롭히는 고독과, 그 고독 속에서 만들어졌지만 우리를 구원하는 예술에 대한 깊이 있는 에세이이다. 남들이 들여다보지 못했던 고독을 묘사하는 그림을 그렸던 에드워드 호퍼, 분절된 말로 고통받았으나 기계를 통해 언어적·비언어적 소통을 시도했던 앤디 워홀, 적대적 사회에서 상흔을 얻었으나 사회에서 어긋난 사람들 사이의 연대를 추구했던 데이비드 워나로위츠, 결핍과 상실이 빚어낸 고통 속에서 선과 악을 융합한 작품을 만들어낸 헨리 다거 등이 이 책에서 소개된다.

책의 초반, 랭은 고독하다는 것을 배고픔에 빗대어 말한다. 여기서 흥미로운 묘사가 있다. “주위 사람들은 모두 잔칫상에 앉아 있는데 자기만 굶고 있는 것 같은 기분이다.”(26쪽) 우리의 배고픔은 그 자체만으로도 문제지만, 다른 사람이 배불리 먹는다는 인식으로 더욱 심각해진다. 나만 연결되지 않은 점처럼 떨어져 나와 있다는 느낌이 들 때 거기서 고독이 발생한다. 이 책에는 또 이런 표현도 있다. 혼자라는 것 자체가 고독이 아니라, 누구에게도 연결되어 있지 않다는 생각, 소통에의 욕구가 좌절될 때 고독이 발생한다고. 이게 바로 극장에서 불이 들어올 때의 순간에 드는 감정이라고도 할 수 있으리라. 다른 사람들은 누군가와 함께 돌아가는데, 나 혼자 돌아가야 할 때, 같이 공유했던 경험인 영화에 대해 말하고 싶은 욕구를 충족시킬 수 없을 때.

저자인 올리비아 랭은 30대 중반, 사랑에 빠져 그 남자와 함께 영국을 떠나 뉴욕에 가서 정착할 계획을 세웠지만, 남자가 마음을 바꿔 혼자 뉴욕에 머무르게 된다. 이 낯선 도시에서 그녀는 외로웠고, 같은 일상을 반복하면서, 삶의 결핍을 느꼈다. 지금의 삶은 자기의 결점이 만들어낸 치명적인 결과로 여겼다. 그리고 고독을 생각하고, 고독을 느끼고, 고독 속에서 살아갔다. 이 책은 그 고독한 생활의 산물이기도 했다. 여기서 랭은 이렇게 말한다.

> 나는 깨닫기 시작했다. 고독이란 사람들이 그 속에 머무는 장소임을. (…) 그 시절 내가 쌓아올렸고, 지금도 계속하고 있는 것은 내 경험과 타인들의 경험으로 짜맞춰진 고독의 지도다.(20~21쪽)

처음 이 부분을 읽었을 때, 고독의 장소성이라는 개념이 마음에 들었다. 고독은 일종의 가상공간이다. 다시 극장의 이야기로 돌아가 보면, 극장에서 줄곧 나는 혼자였지만, 그 사실이 문제가 되지 않았다. 그러나 영화관의 불이 켜지고, 내가 누군가와 연결되지 않았음을 발견하는 순간, 그곳은 하나의 고독의 장소로 변모해버린다. 그건 고독한 사람들이 느끼는 매일의 경험 아닐까? 집에 혼자 있다고 해서 사람은 더 고독하지 않다. 오히려 수많은 타인으로 둘러싸인 거리에서 더 고독해지기 쉽다. 우리는 그곳을 서둘러 떠난다. 어쩌면 자동차는 내가 고독을 떠나 들어올 수 있는 가장 처음의 공간이라는 점에서 안락했는지도 모른다. 이곳은 한 사람만으로 충분하다. 이 안에 들어서면 그 자체로 나는 다른 연결이 필요 없고, 오로지 목적을 가진 한 사람이 된다.

\\\

이런 감정은 고독한 나를 사람들의 눈에 보이고 싶지 않다는 은폐의 욕구와 관련이 있기도 하고, 없기도 하다. 고독은 누구나 겪는 일임에도 불구하고, 사람들은 그를 불편하거나 수치스럽게 여긴다. 물론 고독은 사회 질병처럼 여겨지고, 이를 치유해야 건강한 삶을 살아갈 수 있다고 과학자들은 말한다. 고독의 대연구가인 존 카치오포의《인간은 왜 외로움을 느끼는가》에서는 외로움이 치러야 할 대가를 길게 나열한다. 사소한 실수에 연약해지고 스트레스에 무너지며 평범한 상황에서 과도하게 반응하기 쉽다. 고독한 사람은 사회적 역할을 제대로 하고 있지 않은 것처럼 보인다. 그러나 고독의 치유에 대해서 존 카치오포나 셰리 터클 같은 사람들이 사회적 유대감을 회복해야 한다고 역설한 것과는 약간 다르게, 올리비아 랭은 고독의 이면을 보았다. 책의 마지막에서 작가는 이렇게 말한다.

> 고독이 반드시 누구를 만남으로써 치유될 수 있다고는 생각하지 않는다. 그것은 두 가지에 관한 문제라고 생각한다. 하나는 자신을 친구로 여기는 방법을 알아야 한다는 것, 또 하나의 개인으로서의 우리를 괴롭히는 것처럼 보이는 많은 것들이 실제로는 스티그마와 배제라는 더 큰 힘이 낳은 결과임을, 그래서 저항할 수 있고 저항해야 하는 대상임을 이해하는 것이다.(392쪽)

나는 이 말을 좋아한다. 여전히 고독은 타인과의 연결로서 덜어낼 수 있다는 생각에 반대하는 것은 아니다. 실제로 이는

한 사람의 삶을 더 낫게 이끌어가는 중요한 방식이다. 하지만 어떤 사람들은 고독이 좀 더 기질에 가깝기도 하고, 사회적으로 더 배제되기 쉬운 환경에 놓여 있기도 하다. 우리가 외부와의 연결을 통해서 덜 고독해지려고 노력해지는 것과는 별개로, 고독을 스스로 받아들이는 법을 배우기도 한다. 사회에서 우리를 고립시키는 요인들에 저항해 싸우기도 한다. 그리고 고독 속에서 영혼에 가까운 무언가를 발견하기도 한다.

나는 다시 운전이 내게 주는 안도감에 대해서 생각해보았다. 이는 나를 재빨리 타인과 분리해, 그 누구도 필요 없는 공간 속에 자신을 가두는 것만의 문제는 아니었다. 어딘가 가기 위해서 그 누구를 굳이 필요로 하지 않아도 된다는 확인의 문제이기도 했다. 나는 고독함으로써 부족해지는 게 아니라 혼자이기 때문에 어디든 갈 수 있었다. 다른 사람의 초대를 기다리지 않고 스스로 갈 수 있다. 그것이 위험한 길이라도.

2017년 4월, 나는 혼자 제주도로 떠났다. 첫 소설의 초고를 내놓고 조금씩 고치고 있던 때였는데, 책에 실릴 마지막 단편이 제주에 관한 내용이었다. 그때까지 이런저런 글을 써왔지만 소설은 처음이었고, 남들이 나의 시도에 큰 기대가 없다는 것도 알았다. 기대를 받지 않는 일에 시간과 노력을 쓰는 나날처럼 고독할 때가 또 없다. 사람들이 옆에 있어도, 그들이 보는 나와 내가 보는 나 사이의 거리감을 느낄 수 있다. 그래도 해야만 했다. 제주에 간 건 몇 가지 사실에 관한 확인이기도 했고, 그저 끝맺음을 위한 떠남이기도 했다.

거기서 처음 내 차가 아닌 다른 차를 운전해보았다. 즉, 운전이 기계가 아니라 기술에 관한 것임을 처음으로 확인하는 기회였다. 제주의 벚꽃이 막바지에 이르던 때였다. 국제적인 문제로 인해 단체 관람객이 적었고, 길은 예상보다 한적했다. 그 전까지는 제주에 오면 대중교통과 택시를 이용했었는데, 이제 나는 아무도 가려 하지 않는 곳까지 갈 수 있었다. 사람 없는 수영장이 딸린 산속 호텔에도 갈 수 있었고, 가로등 없는 산길을 지나 우동을 먹으러 갈 수도 있었다.

여행의 마지막 날 아침에는 비가 조금씩 내리기 시작했다. 낯선 곳에서 비가 내리니 걱정은 되었지만, 어찌 되었든 서귀포에서 공항으로 돌아가야 했다. 돌아가는 길에는 유채와 벚꽃이 함께 피었다는 길을 지나기로 했다.

산 높이 올라왔을 때, 빗줄기가 좀 더 거세졌다. 산속이라는 특수성을 고려하지 못한 탓이었다. 위험했지만, 중간에 멈춰서 경로를 바꾼다는 생각도 할 수 없었다. 나는 그저 앞으로 계속 달려야 했다. 운전대를 꽉 잡고, 눈을 크게 뜨고, 머릿속의 모든 뉴런을 이 비를 뚫고 무사히 나아가는 데만 집중했다. 이런 길에 혼자 있다는 것이 무서웠지만, 지금은 달리 도와줄 사람이 없었다.

\\\

거센 비는 마치 한곳에 고여 있던 것처럼 그 지점을 지나자 약해졌다. 두려움도 잦아들었다. 그리고 그 고난을 보답하듯 그 비의 끝에 유채와 벚꽃이 함께 있는 그 길에 이르렀다. 날씨 때문인지 다른 차는 별로 없었다. 나는 그 길의 끄트머리쯤의 공터에 차를 잠깐 멈추었다. 가늘게 내리는 빗속에 우산도 없이 서서 땅에 푸르고 노란 융단처럼 깔린 유채꽃과 필사적으로 매달려 흔들리는 벚꽃, 그 너머의 검은 비구름을 바라보았다. 비현실적으로 아름다운 풍경이었다. 나는 이 아름다움을 누구와도 나눌 수 없이 고독했지만, 이 아름다움을 혼자서도 누릴 수 있을 만큼 자유로웠다.

* 올리비아 랭, 《외로운 도시》, 김병화 옮김, 어크로스, 2017

* 존 카치오포·윌리엄 패트릭, 《인간은 왜 외로움을 느끼는가》, 이원기 옮김, 민음사, 2013

증발

잠적의 기술과 떠나는 여자들

아주 어렸을 때부터 나는 낯선 동네를 가게 되면, 여기서 내가 사라진다면 어떻게 될까를 생각하곤 했다. 어린이가 돌아다니는 반경이므로 그렇게 먼 거리일 리가 없지만, 가끔 놀이터가 있는 아파트에 가기 위해 산을 넘어 옆 동네로 가거나, 보고 싶은 만화책이 있어 만홧가게가 있는 길 건너 동네까지 걸어가는 것만으로도 큰 여행처럼 여겼다. 익숙하던 건물들과 동네가 점점 줄어들고, 낯선 집들이 거리를 채운다. 집에서 점점 멀어진다는 생각만으로도 가슴이 조여들었다. 그렇지만 여기서 내가 없어지면 누구도 찾을 수 없다는 생각을 하면 기묘한 흥분이 일었다. 가끔은 내가 이 동네에 왔다는 걸 누구도 모르는 때도 있었다. 시계를 든 하얀 토끼나 숫자를 등에 쓴 거북이를 만나, 앨리스나 모모처럼 따라가는 모습도 상상했었다. 사라지고 싶은 건 아니었다. 지금 사는 곳이 싫지도 않았고, 모험심이 크지도 않았다. 나는 목요일에 태어난 아이가 아니었다. 먼 길을 떠나지 않았고, 늘 집으로 돌아왔다.

어른이 되어서도 처음 가는 동네에서는 비슷한 감정이 찾아들었다. 심부름을 하러 평소 다니던 길이 아닌 다른 길로 접어들 때가 있다. 그럴 때면 낯설다는 기분과 함께 지금 떠난다면 나의 흔적은 여기서 끊기겠지, 라는 생각을 했다.

이 감정을 정확하게 묘사하는 말이 세계 어딘가에 있을지도 모르겠다. 내가 아는 말 중에 그나마 비슷한 것은 독일어 페른베(das fernweh)이다. 어딘가 떠나서 여행하고 싶은 반더루스트(die wanderlust)와는 비슷하면서도 약간 다르게 어딘가 먼 곳을 그리워하는 마음에 가까운 말이다. 모험가의 피를 타고난 사람들은 가보지 않은 곳을 상상한다. 하지만 내가 문득 '여기서 사라진다면'을 생각하는 감정은 가보지 않은 어떤 곳에 대한 미래적 그리움하고도 조금 달랐다. 여기서 증발해서 새로운 삶을 살 수 있겠는가, 하고 나 자신에게 질문하는 것에 가까웠다.

운전을 할 수 있다는 건 이런 증발과 잠적의 욕구를 실현할 수 있는 도구가 생기는 셈이다. 가끔은 목적지에서 멈추지 않고 더 달리고 싶다는 유혹을 느끼기도 했다. 그렇게 떠남이 쉬워졌다는 게 운전의 가장 큰 장점이었다. 마음만 먹는다면, 결심을 한다면. 브레이크를 밟지 않으면 된다. 그저 계속 달리기만 하면 된다. "훌쩍 떠날 수 있다"라고 할 때의 그 부사에 어울리게 떠날 수 있었다.

떠나고 떠나지 않음은 사람의 기질에 좌우되는 것일지 모른다. 사람들이 여행을 좋아하느냐고 물으면, 난 별로 좋아하지 않는다고 답한다. 휴가가 따로 있는 직업이 아니어서 미리 여행 계획을 세우지도 않는다. 갔다 와서는 피로해져서 몸살을 앓거나 두드러기가 생겨 병원을 다닌 적도 있다. 평소에도 집 밖에서 보내는 시간이 적다. 참 이상한 건 그래도 운전을 할 때면, 이렇게 떠나면 어떨까, 여기서 사라져버리면 어떨까, 하는 생각은 든다는 것이다. 여기서 떠나고 싶다. 아무도 나를 찾지 못할 곳으로. 어떤 현실도 인간을 완전히 붙잡지는 못한다.

그런데 이런 충동에는 궁극적으로 어려운 점이 있다. 진심으로 떠나고 싶은가, 떠나고 싶지 않은가의 질문은 제쳐두고라도 한 사람이 정말 아무도 찾지 못할 데로 간다는 것이 가능할까 하는 것이다. 애써 떠났는데 금방 추적당한다면, 이 고민이 무슨 소용이란 말인가. 아무도 찾지 못할 데가 존재하기는 하는 것일까?

언젠가 정말 잠적하면 어떻게 되는 걸까 싶어서 《흔적 없이 사라지는 법: 실전 잠적의 기술》을 읽어본 적이 있다. 이 책은 흔적 없이 떠나고 싶은 사람과 그런 사람을 잡고 싶은 사람들을 위한 기술을 소개하고 있다. 저자인 프랭크 에이헌과 에일린 호란은 소위 '스킵 트레이서'이다. 책 뒤표지의 소개 글에 따르면 조지 클루니와 모니카 르윈스키를 찾아낸 사람이라고 하는데, 이들은 단순히 사람을 찾는 것뿐 아니라 잠적을 돕는 일도 했다고 한다(물론 경찰과 범죄자, 미친 사람의 의뢰는 받지 않았다고 명시해두고 있다). 그들의 기술은 꽤나 정교했다. 이 책에서는 세 가지 과정을 통해 잠적을 설계한다. 자신에 대한 정보를 삭제하거나 바꾸어서 추적의 단서를 끊는 정보 교란, 마지막으로 다른 단서로 유도하는 허위 정보 유포, 그런 후에는 과거를 벗어나 새로운 삶을 시작하는 새 출발.

먼저 웹에 있는 자신에 관한 정보를 다 파괴한다. 구글을 서치해서 자기 이름과 관련된 정보는 다 지워야 한다. 영화 〈서치〉에 나오듯이 소셜 네트워크 서비스는 가장 먼저 찾아가는 추적의 장소, 잠적하고 싶은 사람은 이것부터 탈퇴해야 한다. 흥미 있는 충고 중 하나는 온라인 취미 활동을 하지 말라는 것. 마돈나 팬이었던 사람의 흔적을 온라인에서 발견해서, 그에게 마돈나 콘테스트 참가자로 선발되었다는 연락을 보내 유인한 에피소드도 있다. 신용카드를 없애는 건 기본이다. 내가 회원으로 되어 있는 모든 서비스에서 계정을 지워야 한다.

이 책이 10년 전 쯤 쓰였다는 걸 감안해도, 나는 이미 첫 단계에서 지쳐버렸다. 내가 이제까지 멤버십을 주장해온 수많은 사이트, 정보통신 회사, 가스 회사, 케이블 회사, 은행…… 일이 있어서 가는 것도 힘든데 어떻게 이를 다 해지한단 말인가. 스킵 트레이서님들이 한국의 회사들을 너무 과소평가한 것 아닐까? 한국의 회사들은 클릭 한 번에 가입할 수 있는 편리한 시스템을 갖춘 동시에, 해지하려면 전화를 해서 연결음을 들으며 기나긴 대기 시간을 버티고, 상담원과 입씨름을 해서 나의 사정을 설명해야 하는 세상 불편한 시스템도 구축하고 있다. 그러고도 해지할 수가 없다! 이유를 설명해달라고 했을 때 '제가 잠적해야 해서요'라고 말할 수는 없지 않은가. 또한 이 모든 과정은 상담원 보호법에 의해 다 녹음될 것이다. 그러니 나는 잠적하기도 전에 일거수일투족 남기게 되리라는 것. 책은 내 이름의 철자를 틀리게 알려주면서 정보 교란을 시도하라는 팁도 주는데, 한국은 강력한 주민등록 제도가 있어서 이것도 쉽지 않을 것이다. 그다음 단계는 집 안에서 내 정보를 남긴 물품들을 다 없애는 일이다. 지갑, 열쇠, 고지서, 영수증, 컴퓨터는 말할 것도 없겠지. 내가 이제까지 썼던 전자제품을 다 두고 떠나는 생각을 하면 마음이 쓰라렸다. 디지털 제품을 사본 사람들은 알지 않은가? 새 물건의 세팅이 얼마나 귀찮은지. 하지만 새로운 삶을 시작한다는 건 새로운 물건을 사는 일로부터 시작되니까, 그건 견딜 수 있다.

좋다. 굳이 정보 교란을 하지 않고서라도 일단 잠적은 할 수 있으니까. 나는 마음으로는 포기하지 않고 허위 정보 유포 부분을 읽어보았다. 교도소에 간 남편으로부터 벗어나고자 하는 여자의 사연이 나온다. 가령, 살지 않을 동네에 가서 부동산을 알아본다든가, 새로운 은행 계좌나 카드를 여러 개 만들어서, 전국을 다니는 동료에게 준다든가. 심지어 가짜 주거지를 얻어서 잡지를 정기 구독하여 시선을 끌어보라고 권한다. 꽤나 돈이 많이 들겠네, 라고 생각한 순간, 스킵 트레이서들은 "싸게 굴지 마라!" 하고 호통을 친다.

이미 나는 새 출발을 하기도 전에 한계를 느꼈다. 하지만 여기까지 왔으니 일단 어떻게 시작하는지는 파악해야 하지 않겠나. 멀리 가서 선불 신용카드, 선불 휴대전화, 콜링카드(한국의 공중전화는 몇 대나 남아 있을까?)로 소중한 사람들에게 안부 전하기, 그런데 전화를 한 번 쓰면 재사용은 안 되기에 한 번 전화하고 부수고, 다시 새 전화기를 사는 일을 반복해야 한다. 번거롭기 그지없다. 쓴 다음에 한 시간 후면 없어지는 'www.guerillamail.com'이라는 유용한 사이트를 알려준다 싶었지만, 웬걸! 이미 없어지고 광고 유도 사이트로 대치되었다. 나를 그리워하는 이들이여, 미리 미안하오. 나는 이메일을 보낼 수 없소. 가족은 포기하고, 소통은 최소한으로. 잠적은 고독과의 싸움이고…….

여기에는 중요한 운전 항목이 있다. 자동차는 가장 추적당하기 쉬운 기록이라는 것이다. 일단 절대 딱지를 떼이면 안 된다. 그래, 이건 맞는 얘기야. 한국 드라마에서도 불륜이나 범죄는 매번 속도위반 과태료 고지서에서 걸리니까! 미국은 주마다 다른 운전면허증을 발급하지만, 한국은 적어도 그럴 염려는 없다. 하지만 차를 어떻게 새로 사고, 보험을 어떻게 드는지에 대해서는 설명해주지 않는다. 잠적한 사람이 자동차를 등록할 수 있을까? 렌트는 가능해? 이 책의 다음 장의 얘기는 "잠적하지 않고 사는 법"이다.

이쯤 되니, 처음에 왜 내가 잠적의 기술을 조사했는지도 기억나지 않았다. 그저 가끔 이곳과 현재라는 상태가 견디기 힘들었을 수도 있다. 혹은 단순히 일단 움직이고 있을 때는 계속 움직이고 싶다는 관성이 있었을 수도 있다. 아직은 잠적을 할 만한 강력한 동기가 없었다. 그저 떠나고 싶다는 건 언젠가 이곳을 떠날 일이 생겨서 떠밀릴지 모른다는 막연한 두려움의 다른 모습일 수도 있다. 떠나는 사람들도 떠나는 진짜 이유를 알지 못할지도 모른다.

소설은 떠나는 사람들의 장르이다. 《돈키호테》, 《반지의 제왕》처럼 누군가 떠나면서 이야기가 시작된다. 그동안 내가 읽었던 소설 중에서도 떠나는 사람들의 이야기가 무척이나 많았다. 그중에서도 특히 떠나는 여자들의 유형은 크게 네 가지였다.

° 세상 어딘가에 나에게 딱 맞는 자리가 있다고 믿고 싶어서 떠나는 사람. 본질적으로 모험가 타입 : 《티파니에서 아침을》에서의 홀리 골라이트리처럼 허클베리 핀 같은 사람. 자기를 위한 더 나은 자리를 찾아서 계속 가볍게 다니는(Go lightly) 여자. 김초엽의 소설 〈나의 우주 영웅에 관하여〉에 나오는 이모.

° 자기를 감추기 위해 떠나야 하는 사람. 도망자 타입 : 《화차》의 주인공 세키네 쇼코. 떠났다기보다 상황에 몰려서 어쩔 수 없이 사라져야 하는 여자.

° 현재가 용납하지 않는 일을 이루기 위해 떠나야 하는 사람. 도피자 타입 : 소위 애정의 도피(elopement)처럼 보이는 사람들. 사쿠라기 시노의 소설 《호텔 로열》이나 《굽이치는 강》

등에 나오는 여자들.

° 그저 한 곳에 정착할 수 없는 기질을 타고난 사람. 방랑자 타입 : 매릴린 로빈슨의 《하우스키핑》에 등장하는 실비 이모와 루시.

이렇게 분류를 해보았지만, 이 여자들이 모두 다른 타입이라고는 할 수 없다. 떠나는 사람들은 한 걸음에 여러 이유를 품고 있다. 이곳으로부터 저곳으로 가는 데는 좌절과 희망이 뒤섞여 있다. 살기에 혹독한 현실은 피부를 찌를 만큼 따갑고, 멀리 떠난다고 해도 아무도 붙잡을 수 없다. 우리는 모두 그들과 같이 살았던 이웃이며, 그들과 함께 떠나는 일행이기도 했다.

내게는 이 모든 여자들의 감정이 다 있다. 내가 떠난다면 더 나은 자리를 찾아나서는 모험이기를 바랐다. 동시에, 이곳을 떠나 다른 곳으로 사라져버릴 수밖에 없는 그런 상황이 오는 것이 두려웠다. 하지만 떠나고 싶다는 생각을 할 때면 《하우스키핑》의 실비 이모를 가장 많이 떠올렸다.

《하우스키핑》은 1980년에 발간된 소설로, 제목과는 달리 집을 지키지 않고 떠나는 여자들에 대한 이야기이다. 이 소설에서 '나'는 루시라는 이름의 소녀이다. 배경은 아이다호주의 핑거본이라는 마을, 루시와 동생 루실의 할머니 집이 있는 곳이다. 여행을 좋아했던 할아버지가 기차 사고로 마을의 호수 바닥에 가라앉은 후, 할머니는 딸 몰리, 헬렌, 실비와 함께 핑거본의 작은 집을 꾸리며 산다. 세월이 흘러 장성한 딸들은 모두 각자의 삶을 향해 떠난다. 그러던 어느 날 헬렌이 이웃에게 빌린 작은 차를 몰고 딸 루시, 루실과 함께 핑거본에 돌아온다. 그리고 아이들을 어머니의 집 문 앞에 내려두고, 그대로 차를 몰아 호수로 뛰어든다. 루시와 루실은 한동안 할머니와 살지만, 할머니의 죽음 후 방랑하던 실비 이모에게 맡겨진다. 핑거본에 머무르면서도 떠돌이처럼 사는 실비에게 불안함을 느끼는 루시, 사회의 틀에 맞지 않는 삶에 불만을 느끼는 루실. 결국 두 자매는 점점 멀어지고 그들의 작은 가정은 서서히 무너진다. 루시는 마을 커뮤니티에 의지하고 루실은 실비 이모 옆에 남지만, 사람들은 실비의 생활 방식에 의문을 품는다. 결국 루실과 실비가 숲속으로 들어가 어두운 호숫가에서 밤을 새우고 돌아오자, 마을 사람들은 루실을 데려가려고 하고, 두 사람은 핑거본 집에 불을 지른 후 영원히 떠도는 삶을 살게 된다.

시적 언어로 빛과 어둠, 고독과 정착, 그리고 떠남을 그린 이 소설에서 실비의 방랑혼, 반더루스트의 근원은 짐작할 수 없다. 결혼을 했지만 머물지 않았고, 아이들을 맡아 살림을 꾸렸지만 떠날 수밖에 없었던 실비. 세상에는 그런 사람도 있다고 이해할 수밖에 없다. 그리고 그 이해는 어렵지 않다. 생을 몇 번 거슬러 올라가면 우리는 모두 유목민이었고, 이따금 꿈속에서 떠나야 할 때를 알리는 뿔피리 소리를 듣는다.

태양이 강으로 떨어지는 저녁에 다리를 건널 때면, 나는 불

타는 집을 뒤로하고 길을 떠나는 루시와 실비의 모습을 상상한다. 강 옆을 달릴 때면, 저 건너 물새들이 날아간 숲속에 버려진 집들을 그려본다. 무언가 버려졌다는 건, 그것을 떠난 사람이 있다는 뜻이다. 떠나간 사람들은 다 어디로 갔을까? 상상 속에서도 그들은 머물러 있지 않고, 계속 걸어가고 있었다. 그리고 나 또한 그들의 뒤를 따라 걷고 싶다는 생각도 했다.

그렇지만 나는 떠나지 않고, 언제나 운전대를 돌려 돌아온다. 남은 것은 나인데, 하멜른에 남겨진 어린아이 같은 기분을 느끼면서.

《흔적 없이 사라지는 법》에서 확실히 배운 것은 이것이었다. 운전을 해서 떠나기는 쉽지 않다. 가진 것을 버리지 않는 사람은 영원히 사라질 수 없다. 떠나는 사람은 적어도 집을 불태울 정도의 각오를 해야 한다.

내가 떠날 때는 기차를 탈 것이다.

* 매릴린 로빈슨, 《하우스키핑》, 유향란 옮김, 랜덤하우스코리아, 2008

* 프랭크 에이헌, 《흔적 없이 사라지는 법: 실전 잠적의 기술》, 최세희 옮김, 씨네21북스, 2012

에필로그 。

두려움 많은 영혼도 피해서는 안 되는 것

몇 년 전 생일에 이런 문자메시지를 받았다. “마지막 한 발은 첫걸음에 달려 있고, 첫걸음은 마지막 한 발에 달려 있다.” 라인홀트 메스너가 쓴 《죽음의 지대》에 나오는 문장이다. 그는 낭가파르바트의 루팔 벽을 처음 등정한 등산가이자 작가이다. 예전에 읽은 책이지만 어떤 내용이었는지는 기억나지 않고, 그 메시지를 보내준 사람과는 한동안 연락하지 않았고 앞으로도 하지 않겠지만 그가 보냈던 문장은 그 이후로도 이따금 생각이 났다. 앞 부분은 이해하기가 쉽다. 우리가 어떤 길을 가는지는 첫발에 따라 결정되니까. 하지만 마지막 한 발이 첫걸음을 결정한다는 건 어떤 의미일까? 나는 이 말을 두 가지 의미로 생각했는데, 마지막에 발 디딜 곳을 봐두어야 첫발을 결정할 수 있다는 게 그 하나였고, 다른 하나는 마지막에 내가 어디 서 있는지에 따라서 첫발의 의미가 재정의된다는 의미였다. 무엇이 시작이었는지, 그 시작은 무엇을 향한 것이었는지 마지막 발이 알려준다. 나는 후자의 의미가 더 마음에 든다.

\\\

처음에 운전과 독서에 대한 책을 쓰겠다고 마음먹었을 때, 그리고 첫 장을 썼을 때까지도 나는 이 책이 어떤 방향으로 갈지 몰랐다. 다만 제니퍼 이건의 《깡패단의 방문》으로 시작하겠다는 계획만 있었다. 시작과 끝을 계획할 수는 있어도, 진짜로 어디로 가는지는 알 수 없다. 운전을 하면서 수없이 많은 생각을 했기에, 그 구상들을 책으로 써보고 싶다는 생각은 막연히 있었지만, 그 책이 무엇인지 알 수 없었다. 심지어 책을 완성할 때까지 운전을 하고 있으리라는 보장도 없었다. 책을 읽지 않는 미래는 상상하기 어렵지만, 그럴 수도 있었다. 그리고 지금 마지막 장에 이르러서야 나는 이 책이 무엇이 되었는지를 돌아본다. 마지막 발로 첫걸음을 떠올려본다.

나는 어려서부터 두려움이 많았다. 불면증의 의학적 정의는 다르겠지만, 불을 끄고 베개에 머리를 누이고도 오래 잠 못 드는 상태를 불면증이라고 한다면 나는 일곱 살 때부터 불면증을 앓았다. 어째서 일곱 살인가 하면, 그 이전은 기억이 나지 않기 때문이다. 확실히 기억나는 건 유치원 겸 미술학원을 다니던 때이다. 불 꺼진 방, 언니들 옆에 누워 있을 때 내 머릿속엔 온갖 무서운 것들이 떠다녔다. 모리스 센닥의 《괴물들이 사는 나라》와 같은 요괴들에 대한 공상도 했다. 사람은 죽으면 어디로 가는 걸까, 같은 철학적인 생각도 했다. 아침에 일어났는데, 식구들이 죽었다면? 혹은 내가 죽었다면? 상상을 하다가 두려움을 느끼고 울기도 했다. 숙면인들은 모르는 어둠의 세계에 꽤 경력이 있다.

두려움이 많아서 바람에도 넘어질까 늘 살살 걸어다니는 내게 운전은 나름 큰 결심이었다. 움직이는 기계에 대한 두려움, 사람들 사이의 경쟁과 갈등에 대한 두려움, 내 계획과는 다른 갑작스러운 사고에 대한 두려움과 싸워야 하는 과정이었다. 나 자신의 실력을 믿을 수 없고, 타인의 선의를 믿을 수 없는 의심을 넘어서야 했다. 도로에서 여성 운전자에게 일어나는 일들에 의구심과 분개심을 안고 나아가야 했다.

세상에서는 여성 운전자를 향한 폭력과 그에 대한 두려움을 그린 소설들도 적지 않다. 스티븐 킹의 단편 〈빅 드라이버〉는 혼자 운전하는 여성 운전자들을 유인하는 범죄자에 대한 이야기이다. 처음에는 이런 소설도 다룰 생각이었지만, 그런 이야기는 자세히 하지 않기로 했다. 가끔은 폭력을 명백히 기술하여 그에 대항해야 한다고 생각한다. 이 소설의 결말에서 여자 주인공은 악인을 응징한다. 이런 승리의 이야기에도 메시지가 있다. 하지만 현실을 기술하면서 누군가가 피해를 더 입기 쉬운 이미지로 묘사하고 싶진 않았다. 여기에서 여자 주인공이 겪는 폭력 사건을 얘기해서 우리가 현실에서 겪는 폭력의 기억을 불러내고 싶지 않았다. 나는 용기를 내서 도로에 나갔지만, 도로에서 약한 쪽이 되고 싶지는 않았다. 더 많은 여성들이 잠재적 폭력에 지지 않고 도로가 자기의 것이기도 하다고 주장하길 바란다.

이렇게 거창한 마음가짐으로 시작한 일이지만, 언제라도 운전을 그만둘 수도 있다. 차가 필요 없어질 수도 있고, 유지할 능력이 사라질 수도 있고, 지구를 생각해서 탄소 발자국을 줄이기 위해 좀 더 걷게 될 수도 있다. 내게 의미가 있는 건 운전의 기술을 익혔다는 사실 그 자체였다. 자전거도 타지 못하던 내가, 다리를 움직여 바닥에서 발을 번갈아 떼어 옮기는 운동에서 발목을 들어 페달을 밟아서 전진하는 운동을 할 수 있게 되었다. 선 눈높이에서 앉은 눈높이로 세계를 바라보는 경험을 하게 되었다. 한밤에 낯선 통행인을 마주했을 때 이성보다 먼저 찾아오는 공포를 느끼지 않고서도 밤거리를 구경할 수 있음을 알게 되었다. 그리고 누군가의 도움을 받지 않고, 다른 사람의 존재로 간섭받지 않고도 가고 싶은 곳에 갈 수 있게 되었다. 이 모든 일들은 무서움이 많은 천성을 타고난 사람으로서, 사회적인 공포를 이식당한 집단의 사람으로서 중요한 경험이었다.

차를 사고 운전을 한 지도 7년이 되었는데, 아직도 나는 초보 딱지를 떼지 못했다. 3만 킬로미터도 달리지 못했기에 초보가 아니라고 말할 자격이 없다고 생각했다. 시간은 흘러가지만 나는 늘 초심자의 마음으로 세상을 살았던 것 같다. 아직 모든 게 시작인 사람, 그래서 실패해도 변명이 있는 사람. 인생 2회차는 회귀나 전생 이야기에서만 나오는 것이기에, 우리 모두가 어차피 삶에서 초보가 아닌가? 그렇게 생각하면 회피하기가 쉽다. 나는 서투르니까, 아직 처음이니까. 늘 연습생처럼 살면서 나를 위로하려고 했다. 내 책이 평가나 상업적인 면에서 만족스럽지 못해도 나는 아직 초보 작가니까, 하면서 위로하듯이. 학생으로, 연습생으로, 초보로 언제까지나 머무르면 자신에게 핑계를 댈 수 있었다.

결국 나는 우리 인생에서 겪는 변화에 대한 이야기를 하고 싶었다. 내 인생은 오랫동안 정체, 혹은 침체된 듯 보였다. 세상에선 인생의 단계를 정해 놓고, 마치 아케이드게임 미션처럼 그걸 클리어해야 하는 것처럼 말하지만, 그저 가라앉아 흐르는 듯 보이는 저류의 삶에도 반드시 어떤 국면의 변화가 찾아온다.

켄 리우의 《종이동물원》에 실린 단편 〈상태 변화〉는 한 사람이 자신의 두려움을 넘어 나아가는 이야기이다. 이 작품 속의 세계관에서는 모든 사람의 영혼이 물성화되고, 각자 자신의 영혼을 지녀야 한다. 주인공인 리나의 영혼은 각얼음이었다. 태어날 때부터 영혼이 각얼음이라면 평생 조심하며 살아갈 수밖에 없다. 리나는 밤에는 냉장고 냉동 칸 유리 접시에 자신의 영혼을 놓아두었고, 출근할 때는 얼음을 채운 보냉 백에 자신의 특별한 얼음을 넣어 가지고 가서는 조심스럽게 다시 사무실 냉동 칸에 넣어둔다. 친구도, 가까이 지내는 동료도 없이 고요한 삶을 살아가는 리나의 벗은 책이다. 리나는 책에서 타인의 영혼을 읽어낸다. 에드나 빈센트 밀레이의 양초, T. S. 엘리엇의 커피, 잔다르크의 정결한 샘 옆 너도밤나무 가지, 키케로의 조약돌. 자잘한 사무 업무를 하는 리나의 삶에 파문을 일으킨 건 새로 온 지미라는 직원이다. 주변의 모든 사람을 편하게 만들고, 어딜 가나 웃음을 일으키는 사람. 지미는 리나에게 이름을 물어보고, 이처럼 파란 눈은 처음 본다고 말해준다. 또, 리나의 책상에서 카툴루스의 시집을 발견하고 어떤 시를 제일 좋아하냐고 묻는다. 리나는 즉시 대답하지 못한다.

인생에서 최초의 설렘을 느꼈지만 열기를 만나면 사라질 수 있는 영혼을 가진 여자, 이제 리나는 스스로 결정해야 한다. 얼음이 녹을 위험을 무릅쓰고 새로운 국면으로 나아갈 것인가? 리나는 학교 다닐 때 룸메이트였던 에이미를 떠올린다. 담뱃갑 속 담배가 에이미의 영혼이었고, 리나를 알았을 때 그 담뱃갑은 반쯤 비어 있었다. 리나는 에이미처럼 내일이 없는 듯 살아갈 수 있을지를 고민한다. 얼음이 다 녹으면 리나는 어떻게 될까? 지미의 영혼은 무엇일까?

이 귀엽고 철학적인 러브 스토리는 에이미가 리나에게 보낸 편지로 끝맺는다. 에이미는 제목대로 상태 변화에 대해서 말한다. 우리의 영혼은 완전히 다른 물질이 되지는 않지만, 어떤 상태로의 변화는 일으킬 수 있다. 그 변화는 성장이라고 말할 수도 있다. 우리는 자신의 영혼을 이해하지 못하면서도 어떻게 살아가야 하는지 안다고 믿는다. 그러나 이 믿음은 허구이고 인생의 길은 알지 못하는 방향으로 뻗어나간다.

두려움 많은 나의 영혼은 무엇일까? 눈에 보이지 않지만, 어떤 날에는 바람에 팔랑팔랑 날아가기 쉬운 종이라고 상상했다. 어떤 날에는 남을 찌르다가 도리어 자기가 부러져버리는 바늘이라고도 생각했다. 그리고 아주 쓸쓸한 날에는 이른 봄에 피었다가 지는 매화 가지 같은 것일지도 모른다고 상상해보았다.

며칠 전 차로 10분 거리에 살지만 한동안 보지 못한 친구 S와 근황을 나누었다. S와 나는 같은 나이이다. 그리고 인생에서 닥쳐와야 할, 닥쳐올 변화에 대한 유사한 고민을 한다. 우리의 삶은 왜 이리로 흘러와버렸을까? S는 이렇게 말했다. "몸은 늙어가지만 정신은 자라지 않은 것 같은데, 이 성장이 언제 멈춘 것인지 모르겠어." 나도 마찬가지 기분이었다. 왜 마음은 몸에 맞춰 늙지 않는 걸까? 왜 포기하지 않는 것일까? 왜 여전한 걸까? 왜 바뀌지 않는 걸까? 그러나 내 마음이 변하지 않았다고 해서 여전히 어리다고는 할 수 없었다. 어리지도 않지만 성장하지도 않는 마음을 갖고 살아간다. 아마 더 나이가 들어도 그 마음의 핵심만은 변하지 않을 것이다. 리나의 얼음이 녹아 물이 되듯이 우리에게는 변하지 않는 코어가 있을 수도 있다. 그것이 내 마음의 성질이다. 우리는 마음의 성질을 안고 상태 변화를 겪는다.

\\\

두려움이 많다고 해서, 변화를 거부한다고 해서, 상태가 바뀌는 걸 막을 수 있는 건 아니다. 리나가 자신의 영혼을 밖에 두고 지미의 사무실로 들어간 것처럼 우리도 그렇게 가끔 하나의 문을 통과한다. 삶에는 몇 번의 그런 변화의 순간이 온다. 가까운 사람이 멀어지고, 새로운 사람과 가까워지고. 내가 평생 할 것 같은 일을 그만두고, 예상도 못한 일을 하게 되고. 움직임을 두려워하던 내가 운전을 배우고. 그때마다 나의 영혼은 변하였다. 종이 같았던 내 영혼 위에는 무언가 쓰여서 책으로 바뀌었을 수도 있었다. 뾰족한 바늘이라고 생각했던 영혼이 사실은 알고 봤더니 이런저런 것을 꿰어내는 실일 수도 있었다. 매화는 지고 매실이 맺혀, 지금은 매실주가 되어버렸을 수도 있었다. 내가 알지 못하는 사이에, 내가 아는 사이에.

지미의 사무실 안으로 들어간 리나는 오래 전 대답하지 못했던 답을 드디어 내놓는다. "시 테쿰 아툴레리스 보남 아트쿠에 마그남 케남, 논 시네 칸디다 푸엘라(si tecum attuleris bonam atgue magnam cenam, non sine candida puella)." 카툴루스의 어떤 시를 좋아하느냐는 질문에 대한 답이었다. 이는 카툴루스가 파불루스라는 친우에게 보내는 시로, '네가 맛있는 음식을 가져온다면, 고운 아가씨도 잊지 않고'라는 의미였다. 우리 집에 오라는 내용의 이 시는 일종의 초대시라고 할 수 있다. 평생 녹을까 두려워 남을 멀리했던 리나가 드디어 누군가를 초대하는, 상태 변화를 의미하는 시이다. 여기에 지미는 이 시의 다른 구절로 화답한다. “에트 우이노 에트 살레 에트 옴니부스 카킨니스(et vino et sale et omnibus cachinnis).” 술도, 소금도, 그 모든 웃음도. 인생의 즐거움과 양념을 뜻하는 모든 것들이다. 그리고 이 안에는 지미의 영혼에 대한 힌트가 들어 있다.

카툴루스는 이 시로 유명하다. “오디 에트 아모. 쿠아레 이드 파키암 포르타세 레퀴리스/ 네스키오, 세드 피에리 센티오 에트 엑스크루키오르(odi et amo. quare id faciam fortasse requiris/ nescio, sed fieri sentio et excrucior).” 나는 너를 미워한다. 그리고 너를 사랑한다. 왜 그러느냐고 당신은 물을지 모르지/ 나도 모른다. 그러나 그렇게 되어버렸다는 걸 느끼고, 나는 고통받는다. 이 시가 카툴루스의 작품 중에서도 제일 유명한 것은 사랑의 역설적인 감정을 간단하게 표현했기 때문이다. 오디 에트 아모. 미워하고 또 사랑한다. 누구나 이해할 수 있는 사랑의 보편적 감정이다. 그러나 내가 이 시를 오래 기억하는 건 그다음 구절 때문이다. 네스키오, 세드 피에리 센티오. 어쩌다 이렇게 되어버렸는지 나도 모른다는 것. 그러나 그렇게 되어버렸다고 느낀다. 내게는 어떤 상태 변화가 또 일어날지 모르지만, 일어나고 나면 느낄 수 있을 것이다. 나는 내가 어떻게 운전 기술을 익히게 됐는지, 삶에서 다른 단계로 바뀌었는지 명확히 말할 수 없다. 남에게 알려줄 수 없다. 하지만 우리는 어느 순간 자기도 모르게 그렇게 되어버리고, 그건 시도하는 사람에게만 오는 상태 변화이다.

\\\

나는 운전을 배워서 내가 더 나은 사람이 되었다고 말할 수 없다. 세상의 어떤 기술이나 경험도 마찬가지이다. 어딘가로 떠나는 여행도, 누구를 사랑하는 경험도, 책을 읽는다는 독서도 반드시 발전을 약속하진 않는다. 그렇지만 꼭 발전이 아니라도 우리는 변화만은 겪게 된다. 조금씩 다른 사람이 된다. 훌쩍 달라진다. 그렇게 인생의 지도를 그려나간다.

조만간 세차장에 가서 뒷유리창에 붙인 초보 안내문을 떼려고 한다. 이제는 그럴 때가 왔다고 느꼈다. 왜 그런지는 나도 모른다. 다만 그렇게 되었다. 초보에서, 초보가 아닌 존재로 변화했다. 영혼이 바뀌는 정도의 큰 변화는 아니지만, 나로서는 또 다른 한 걸음이다. 또 하나의 실험이다. 앞으로는 초보라고 변명할 수도 없게 된다. 나 자신의 책임을 그 자체로 받아들이게 된다. 그렇지만 상태 변화를 겪고 있는 우리의 책이 결국 어떤 이야기가 될지는 알 수가 없기에, 마지막 발을 아직 딛지 않았기에, 나의 운전은 아직 목적지에 닿지 못했으며 이야기는 지속된다.

* 켄 리우, 《종이 동물원》, 장성주 옮김, 황금가지, 2018

* 라인홀트 메스너, 《죽음의 지대》, 김영도 옮김, 한문화, 2007

* 스티븐 킹, 《별도 없는 한밤에》, 장성주 옮김, 황금가지, 2015

당신과 나의 안전거리

지은이 박현주
펴낸이 주연선

1판 1쇄 발행 2020년 7월 6일

ISBN 979-11-90492-84-3 03810

총괄이사 이진희
책임편집 최민유
표지 및 본문 디자인 스튜디오진진
책임마케팅 김진겸
마케팅 장병수 이한솔 이선행 강원모
관리 김두만 유효정 박초희

Lik-it
04035 서울특별시 마포구 양화로11길 54
전화 02)3143-0651~3 | **팩스** 02)3143-0654
신고번호 제 1997-000168호(1997. 12. 12)
www.ehbook.co.kr
lik-it@ehbook.co.kr
www.instagram.com/lik_it

잘못된 책은 바꿔드립니다.

* 라이킷은 (주)은행나무출판사의 애호 생활 에세이 브랜드입니다.